Gabriele Böing

Liebesabenteuer mit Vertrag

Eine Frau spielt die Geliebte eines Stars

Impressum

Bibliografische Information der Deutschen
Nationalbibliothek:
Die Deutsche Nationalbibliothek verzeichnet diese
Publikation in der Deutschen Nationalbibliografie;
detaillierte bibliografische Daten sind im Internet über
http://dnb.dnb.de abrufbar.

3. Auflage

© 2020 Gabriele Böing

Herstellung und Verlag: BoD – Books on Demand,
Norderstedt

ISBN: 978-3-7504-8181-7

Am 14.12.08 begann mein abenteuerliches Doppelleben. Ich zahlte einen hohen Preis dafür. Aber dennoch möchte ich auf keine Sekunde meines Abenteuers mit meinem Star und seinem Team verzichten.

Mein Tagebucheintrag: Sonntag, 14. Dez.08
Wer ist er? Derjenige, der mir aus meinem alltäglichen Trott heraushilft, meine Augen zum Strahlen bringt, bei dem mein Herz einen Sprung macht, wenn ich an ihn denke, ihn sehe, seine Lieder höre. Der Mann, von dem ich träumen kann, wenn der Alltag eintönig an mir vorbeirauscht. Ich nenne ihn Kyle. Seinen Künstlernamen mag ich nicht aussprechen, denn dann denke ich an die vielen weiblichen Fans, denen ich mich jetzt mehr oder weniger angeschlossen habe. Die Anrede „Kyle" ist persönlicher, privater, näher. Auch ich laufe jetzt mit der Masse. Nun ja, er ist jetzt etwas älter, hat ungefähr so mein Alter und hat vermutlich nicht mehr so enorm viele Fans. Hoffe ich zumindest. Ich dachte immer, ich hätte einen eigenen Geschmack, würde mich

nicht massenkonform verhalten. In diesem Falle irrte ich mich wohl.

Und das im ,reifen' Alter von 45 Jahren! Kindisch, absurd, pubertär! Er ist schon lange im Musikgeschäft. Aber Kyle war mir früher nicht aufgefallen. In meiner Jugend war ich viel zu sehr mit meinem Leben beschäftigt gewesen. Damals mied ich jede emotionale Musik in der Befürchtung, von meinem realen Lebenskampf abgelenkt zu werden.

Irgendwann vor einigen Monaten stolperte ich mit 44 Jahren in der Mittagspause in meinem Buchhaltungsbüro, als ich gelangweilt im Internet herumsurfte, über ein Konzert von ihm. Dieser Mann gefiel mir und irgendwie kam mir auch sein Künstlername bekannt vor. Seine Art zu singen erschien mir übertrieben emotional, fesselte mich aber. Seine Augen leuchteten warm, liebevoll und weich – das haute mich schlagartig um. Das, was nur auf wenige Menschen zutrifft, kann ich von ihm vorbehaltlos behaupten: er ist im höheren Alter noch attraktiver geworden. Seine braunen, glatten Haare trägt er halblang. Seine Augen schimmern wie dunkler Bernstein. Seine früher eher kühlen Züge um den Mund sind jetzt weich und ausdrucksstark. Man sieht ihm an, dass er gerne lacht. Seine Figur ist die eines Sportlers: durchtrainiert und schlank. Ein Lippenpiercing sowie mehrere Tattoos demonstrieren seine noch immer jugendliche Einstellung zum Leben. Seine Stimme ist nicht mehr so jugendlich, aber immer noch fantastisch warm und dennoch männlich. Ich stellte fest, dass er in etwa mein Alter hat. Meiner Schwärmerei von ihm stand somit nichts mehr im Wege.

So lange hatte ich nun ohne Männer und ohne Liebe gelebt. Vorrangig fixiert auf Studium, Karriere und als Alleinerziehende auf meine kleine, inzwischen 13 Jahre alte Tochter. Und nun schaffte es dieser Sänger, der einzige Prominente bisher überhaupt, mir meinen Kopf völlig zu verdrehen. Ich begann mich für den Sänger zu interessieren und suchte im Internet nach Artikeln und Bildern über ihn. Ich wollte wissen, was aus ihm geworden war. Das Gerücht ging durch die Presse, dass dieser Sänger schwul sei. Ich las tagelang Interviews von ihm im Internet und sah Clips und Fotos. Ich schämte mich, dass ich so etwas tat. Aber ich genoss es dennoch. Ich druckte Fotos von ihm aus und kaufte sein neuestes Album.

Bedauerlicherweise lebt er jedoch in der Nähe von New York, ist vielleicht homo und für mich unerreichbar. Das bietet mir jedoch auch genug Freiraum für Träume, Fantasien und Geschichten.

Liebes Tagebuch, verzeih, dass ich Dir so eine Schwärmerei zumute. Aber sie entführt mich ein wenig in ein emotionales, kribbelndes, abenteuerreiches und glitzerndes Leben! Ein Leben, das sich zu meinem Jetzigen so völlig unterscheidet.

- Ende Tagebucheintrag -

Ich stöhnte auf. Wie langweilig war mein Leben bloß geworden. Nichts tat sich. Doch, morgens auf der Waage tat sich immer etwas. Dauernd stieg mein Gewicht an. Und das mit 45 Jahren. Ein großer Teil meines Lebens stand noch vor mir, sofern mein Gewicht mich nicht vorzeitig umbrächte.

Halblaut führte ich mal wieder Selbstgespräche: „Momentan sehe ich kaum noch einen Sinn darin, morgens aufzustehen. Wofür soll ich noch kämpfen, außer für meine Tochter? Aber die ist schon in der Pubertät und wird sich in mehr oder weniger naher Zukunft selbständig machen. Und dann?" Ich dachte an die Wochenenden, die ich oft vorwiegend im Bett verbrachte. Der schwere Körper machte mich träge und meine Lustlosigkeit tat ein

Übriges dazu. Ich lebte nur noch mit meiner Tochter in deren Leben. Mein eigenes bestand aus einem eher weniger interessanten Teilzeitjob, meiner Tochter und sonst? Nichts!

„Ich will ein Leben zurück, für das es sich wenigstens gelegentlich lohnt, morgens aufzustehen. Meine Tochter ist doch gut bei ihrer Oma untergebracht, hat dort sogar ihr eigenes Zimmer und empfängt dort ihre Freundinnen. Das muss ich ausnutzen und mir etwas Neues aufbauen!"

Ich verspürte plötzlich den Drang, jetzt irgendetwas Verrücktes zu tun.

Mit einem für mich unüblichen Schwung sprang ich aus dem Bett und rannte an meinen PC. Ich loggte mich im Internet ein. Ohne groß darüber nachzudenken suchte ich die E-Mail-Anschrift von Kyles Agentur heraus.

So häufig hatte ich schon den Namen und die E-Mail-Anschrift gesehen. Sie war in New York.

Ehe ich so richtig darüber nachdachte, hatte ich die E-Mail-Anschrift schon angeklickt und schrieb eine Nachricht herunter:

Dear Madam or Sir,
Dear Kyle,

I am a great fan of you for years. I would like to see you

personally once. As I am informed, you do not plan any

concerts in Germany. So, I would like to see you in

the USA. If you need a supernumerary for a music video I

would be pleased if you can consider me. I would come

certainly for free. Please find a photo of me as an

attachment.

Kind regards,

Mara

Sehr geehrte Dame oder Herr,

Lieber Kyle,

ich bin ein großer von Fan von Ihnen. Ich würde Sie gerne

einmal persönlich sehen. So wie ich informiert bin, planen

Sie keine Konzerte in Deutschland. Daher möchte ich Sie

gerne in den USA treffen. Wenn Sie einen Statisten für ein

Musikvideo benötigen, wäre ich sehr erfreut, wenn Sie mich
berücksichtigen könnten. Ihnen würden natürlich keine
Kosten entstehen. Ein Foto von mir hänge ich an.

Viele Grüße
Mara

Ich schüttelte den Kopf. Ich hatte immer gedacht, ich könne sehr gut Englisch. Die Nachricht machte jedoch den Eindruck, als sei sie von einer Fünftklässlerin mit Hilfe eines Wörterbuchs zusammengestückelt worden. Ich schämte mich auch ein wenig für meine offensichtliche Anhimmelung. Anscheinend litt schon der Verstand. Aber ich wollte heute unbedingt etwas Verrücktes tun - etwas, was diesen Tag von den normalen stupid verlaufenden Tagen abheben würde. Entschlossen hängte ich nun noch ein digitales Foto von mir an die E-Mail.

Aus Angst, es mir doch noch anders zu überlegen, schloss ich die Augen und drückte auf „SEND". Mein Herz fing sofort an zu klopfen. „So ein Blödsinn! Ich habe mich als Statist bei Kyle beworben, mit meiner molligen Figur, mit 45 Jahren. Jetzt bin ich wohl völlig durchgedreht!" Ich konnte meinen gerade verzapften Blödsinn plötzlich selbst nicht mehr verstehen und rutschte wieder in meine alte Lethargie zurück. Schnell, als könne ich damit alles ungeschehen machten, loggte ich mich aus dem Internet aus, fuhr den PC herunter und verließ meinen Schreibtisch.

Selbst meiner Tochter, der ich sonst vieles erzählte, wollte ich diese mir peinliche Angelegenheit nicht anvertrauen. Mir war schon unangenehm genug, dass meine clevere Tochter von meiner kindlichen Schwärmerei für Kyle Wind bekommen hatte.

So verscheuchte ich erfolgreich die Gedanken an meine Mail. Ich wusste ohnehin, dass die Anfrage an die Agentur von Kyle vergebens war. Wie viele Fans mochten wohl ähnliche Aktionen unternommen haben, ungebundene, junge, attraktive, amerikanische Fans. Und ich war einer der Fans: eine sich pubertierend gebende, übergewichtige 45-jährige Mutter. Vermutlich würde die Mail dort gleich in dem Spam-Ordner landen, wo sie eigentlich auch hingehörte. Aber ein kleines bisschen hoffte ich dennoch auf irgendeine Reaktion.

Als Ausgleich für meinen kindlichen Ausbruch aus meiner Erwachsenenwelt benahm ich mich in der kommenden Zeit besonders ernsthaft und fantasielos. Zudem stand Weihnachten und Sylvester kurz bevor, was immer mit viel Arbeit verbunden war. Um die Lücke meines erst kürzlich verstorbenen Vaters zu füllen, vor allem für meine Tochter, lud ich eine alleinstehende Freundin ein.

„Oh je", entfuhr es mir, als ich nach den Feiertagen am 01.01.09 auf meine Waage im Bad stieg. Die 400,00 Euro-teure Waage hatte ich mir zugelegt, da sie jede 100-Gramm Veränderung deutlich anzeigen konnte. Häufig tat mir die Anschaffung wieder leid. Meine dauernden Zunahmen hätte ich auch ohne die genaue Anzeige deutlich registriert können.

„Oh nein", sagte ich noch einmal.

„Was ist denn los?", rief meine Tochter aus der Küche.

„Schon wieder zugenommen!"

„Ich habe mich klugerweise heute gar nicht erst auf die Waage gestellt", antwortete meine Tochter aus der Küche mit vollem Mund.

„Aha, deine Verdrängungstaktik", brüllte ich grinsend zurück. Sofort musste ich an meine E-Mail an Kyles Agentur denken, die ich in den letzten Wochen auch sehr erfolgreich aus meinem Gedächtnis verdrängt hatte. Ich musste lächeln. Wenn ich an Kyle dachte, wurde mir warm ums Herz und irgendwo im Inneren kribbelte es. Ich hatte dann das Gefühl, plötzlich zu leben.

„Na ja, du bist ja auch schlank und hast eine super Figur", rief ich meiner Tochter liebevoll zu.

„So viel gegessen hast du über Weihnachten doch auch nicht", entgegnete sie liebevoll.

„Aber der leckere Alkohol", antwortete ich leise. Um den langweiligen und auch traurigen Feiertagen ein wenig Freude zu geben, hatte ich dem Ramazotti, Eierlikör und Sekt ganz gut zugesprochen – vor allem am gestrigen Sylvesterabend.

„Mach dir nichts draus. Dann nimmst du halt in den nächsten Wochen die Kilos wieder ab." Meine oft fast erwachsen wirkende Tochter stand jetzt hinter mir und schaute tröstend auf mich herunter. Sie war schon ein wenig größer als ich und achtete peinlichst genau auf ihr Gewicht. Darüber war ich sehr froh. Denn ich war zeitlebens übergewichtig gewesen, bis auf die kurzen Zeiten während meiner Diäten. Eigentlich befand ich mich sowieso immer auf Diät: vor allem morgens, mittags und nachmittags. Abends dann aß ich wie eine Verhungernde oder besser: eine Süchtige. Abends war ich depressiv, da ich meine Einsamkeit und Eintönigkeit in meinem Leben zu dieser Tageszeit wie durch eine Lupe wahrnehmen konnte. Daraus war die E-Mail an Kyles Agentur entstanden.

„Mit etwas Glück muss ich vielleicht bald schnell abnehmen", lächelte ich geheimnisvoll. „Dann habe ich ein Ziel."

„Uuh! Was heißt das denn?" Meine Tochter zwinkerte mir verschwörerisch zu, obwohl sie garantiert keine Ahnung von meiner Fanmail haben konnte. Ich überlegte einen Augenblick, sie zu meiner besten Freundin zu machen und ihr von meinem Übermut zu erzählen.

„Man kann nie wissen, was passiert", versuchte ich jedoch das Thema dann doch abzuwiegeln. Es war mir peinlich.

„Oh, die Jahresanfangsträume? Oder gute Vorsätze?", lachte mich mein Töchterchen aus.

„Abnehmen - was für ein brandneuer und origineller Vorsatz für eine Frau", lachte ich in Selbstironie und verließ das Bad. Bloß keine weiteren Rückfragen meiner sehr feinfühligen Tochter mehr riskieren. Ihre Mutter hatte sich in einen Sänger verliebt. Das war mir früher nie passiert. Schon allein das würde vermutlich genügen, Jahre den Foppereien meiner Tochter ausgesetzt zu sein.

Im März war mein Gewicht um weitere vier Kilos gestiegen und ich sehr froh, dass es nicht noch mehr waren.

Am Samstagmorgen 14. März saßen meine Tochter und ich am Frühstückstisch. Die aufgebackenen warmen Brötchen dufteten und ich hatte mir gerade das dritte Brötchen dick mit Käse belegt. Unser Kater Nico saß auf einem Stuhl und maunzte uns an. Er beschwerte sich, dass er nicht auf den Tisch springen durfte, um an den Köstlichkeiten auf dem Tisch zu riechen oder vielleicht eine Scheibe Lachsschicken stehlen zu dürfen. Plötzlich schellte die Türglocke.

„Bestimmt der Postbote", meinte ich. Leider besaßen wir nur Innenbriefkästen. Daher musste der Briefträger darauf warten, dass ihm ein Bewohner öffnete, um die Post ordnungsgemäß in die Briefkästen im Flur verteilen zu können.

Daher drückte ich auf den elektronischen Türöffner und hörte schon die männliche Stimme „Po-ost!"

Schnell setzte ich mich wieder an den Tisch und biss voller Vorfreude in mein warmes Käsebrötchen. Essen war einfach das Beste, was es gab.

Meine Tochter hatte ihr Frühstück nach einem belegten Brötchen bereits abgeschlossen und stocherte gelangweilt mit ihrem Messer in den restlichen Krümeln auf ihrem Teller herum. Sie blieb nur noch aus Höflichkeit bei mir und ich hätte daher lieber allein weiter gegessen, als in ihr gelangweiltes „bist du immer noch nicht fertig"-Gesicht zu sehen.

„Ob mein bestelltes Buch von Morton Rhue heute wohl endlich angekommen ist?", hoffte meine Tochter.

„Vielleicht? Wie heißt es denn?"

„Ghetto Kids. Und Loreen sagt, das Buch wäre spannend." Meine Tochter liebte die Bücher von Morton Rhue und las sie teilweise sogar in Englisch. Ich bewunderte Morton Rhue, der brisante Themen aufnahm und wirklich fesselnde Bücher darüber schrieb. Aber es erstaunte mich, dass meine Tochter mit ihren 13 Jahren und einige ihrer Freundinnen die doch teilweise grausamen und gewalttätigen Handlungen in den Büchern so spannend fanden. Aber vielleicht bedeuteten diese Bücher für sie auch die kurzzeitige Flucht in ein abenteuerreiches, einfach total anderes Leben. So, wie Kyle und die Träume mit ihm für mich.

Also sagte ich: „Der Briefträger war gerade da. Du kannst ja mal nachschauen, ob das Buch heute im Briefkasten ist." Erfreut sprang meine Tochter auf, schnappte sich den Briefkastenschlüssel vom Nagel und rannte die Treppen im Hausflur herunter. Die Wohnungstür ließ sie sperrangelweit offen. In dem hellhörigen Haus konnte ich mitbekommen, wie sie den Briefkasten auf- und wieder zuschloss. Dann war Ruhe. Meine Tochter kam nicht wieder. Erst nach einer Weile hörte ich sie die Treppen heraufschleichen.

„Hast Du schon angefangen, das Buch im Hausflur zu lesen?", rief ich ihr entgegen.

„Was?" Meine Tochter schreckte hoch.

„Nö. Es ist da. Aber hier ist auch ein Brief für dich!"

„Ist eh wahrscheinlich wieder nur eine Rechnung oder Werbepost." Ich drehte mich uninteressiert weg.

„Nö – er ist aus den USA. Schöne Briefmarke!"

„Was?" Ruckartig drehte ich mich zu ihr um. Sie war gerade an der Wohnungstür angekommen. Mein Herz pumperte vor freudiger Spannung. Endlich tat sich etwas Spannendes in meinem eintönigen Leben.

Meine Tochter grinste hämisch. „Aus Amerika! Und darauf steht Manager of Kyle." Sie nannte zusätzlich den ihr bekannten Künstlernamen meines Schwarms.

„Ja? Gib her!"

„Nö – erst beichtest du mir, was…?"

Aber ich hatte ihr den Brief schon aus der Hand gerissen. Zitternd riss ich ihn auf und faltete den maschinengeschriebenen Brief auseinander. Ich überflog die in Englisch geschriebenen Zeilen und stellte fest, dass ich alles verstehen konnte.

„Das gibt es nicht!" Ich schnappte nach Luft. Meine Tochter grinste mich weiterhin erwartungsvoll an. Ich fasste mir an den Kopf.

„Ich werde zu einem Videodreh eingeladen. Kyle hat einen neuen Song und ich soll, mit vielen anderen natürlich, ein Fan im Video spielen. Ich werde Kyle sehen!"

„Und wenn er dich per Handdruck begrüßt, darfst du dir natürlich die Hände nicht mehr waschen!" Das war typisch für meine Tochter. Sie brachte mich mit dieser gar nicht so weit hergeholten Bemerkung wieder in die Realität zurück.

„Ich bin wohl ein wenig kindisch?", antwortete ich unsicher.

„Nun ja, nur ein bisschen", tröstete sie mich. „Aber ich finde es toll, dass du verliebt bist. Egal, in wen. Du wirkst sehr viel lebendiger und froher, wenn du von Kyle redest. Ich freue mich, dass du ihn live sehen kannst." Meine Tochter drückte mich liebevoll.

„Oma wird sich freuen, wenn ich dann bei ihr bleibe, während du dich mit Kyle vergnügst. Aber du weißt, ein Geschwisterchen will ich nicht." Wieder einmal stellte ich peinlich berührt fest, dass die Kinder heutzutage viel zu früh aufgeklärt wurden.

Der Videodreh sollte im Mai stattfinden und ich hatte gerade zwei Monate, um meine Kleidergröße von stattlichen 54 auf vielleicht mollige 50 oder 48 zu reduzieren. Kyle war schlank und muskulös. Ich stöhnte verliebt. Ich hatte mal gehört, dass die Hormone bei einem Verliebten verrückt spielten und alles unter eine „rosarote Brille" packten. Bei mir tanzten die Hormone abwechselnd Rock 'n Roll und Polka seit ich die Einladung erhalten hatte.

Ich ließ sie bereitwillig tanzen. Hoffnungen auf mehr als vielleicht ein unpersönliches „Hi" von Kyle machte ich mir nicht. Der Flug nach New York und der Videodreh mit Kyle waren einfach nur ein spannendes Abenteuer für mich. Der Rest wäre Fantasie und Fiktion. Das war mir schon klar. Noch!

Ich kämpfte in den folgenden zwei Monaten tatsächlich mehr oder weniger erfolgreich mit den Kalorien. die Schokolade kämpfte mit dem Apfel, der Hamburger mit dem Brustfilet und der Alkohol mit der Cola light. In den meisten Fällen gewann jeweils der stärkere kalorienreichere Gegner. Aber nicht immer und daher verlor ich auch immerhin vier Kilogramm.

Ausgestattet mit zwei Garnituren teuer gekauften, aber billig aussehender angeblich Figur vertuschender Kleidung startete mein Flieger mit nur 20 Minuten Verspätung am 19.05.2009 sehr früh nach London und von dort aus zum John F. Kennedy International Airport in New York. Obwohl ich in meinem Beruf mit Wirtschaftsenglisch vertraut war, hatte ich mir in den zwei Monaten einen Privatlehrer gegönnt, der mich im „Alltagsenglisch" oder noch spezieller in

„Umgangsamerikanisch" fit machte. Ich glaubte nämlich kaum, dass ich Kyle oder sein Team mit Wirtschaftsenglisch beeindrucken könnte. Zumindest musste ich die Anweisungen des Drehteams während der Videoaufnahme irrtumsfrei verstehen. Wie peinlich wäre es, wenn da etwas schieflaufen würde! Natürlich wollte ich Kyle auffallen, aber sicher nicht, indem ich seinen Videodreh boykottierte.

Sehr aufgeregt rutschte ich während des langen Fluges im Flugzeug hin und her. Wie würde ich mich wohl auf dem Rückflug in drei Tagen fühlen? Enttäuscht, dass mein großes Abenteuer vorbei war? Voller neuer, interessanter Erinnerungen und Eindrücke? Würde ich die Gelegenheit bekommen, mit Kyle ein paar Worte zu wechseln? Vermutlich nicht. Egal, irgendetwas Abenteuerliches wartete in New York auf mich. Und ich wollte es entdecken, erleben und dadurch wieder zum Leben erwachen.

Ich hatte mir ein schönes Hotel nicht weit entfernt vom Drehort ausgesucht. Mein Zimmer war zwar sehr klein, aber gemütlich. Am nächsten Tag sollte ich mich um 9:00 Uhr am Drehort einfinden. Am Nachmittag schlenderte ich noch durch die Straßen in der Nähe des Hotels. New York, was für eine herrliche Stadt. Welch ein fantastisches Flair. Ich war schon einmal vor einigen Jahren in New York gewesen und diese Stadt hatte stark beeindruckt. Aber von Flair hatte ich bisher nicht gesprochen. Vermutlich war es diesmal nur Kyle, dessen Flair so faszinierend auf mich wirkte. Die Nacht schlief ich unruhig und meine Träume drehten sich ausschließlich um meinen Star. Wie konnte ich mich als erwachsene Frau nur so fürchterlich in einen mir eigentlich völlig fremden Mann verlieben!

Der nächste Morgen war grau und regnerisch. Ich war aufgeregt und müde, da ich noch mit der Zeitumstellung kämpfte. Ich wusch mir die Haare und holte mir einen Kaffee vom Frühstücksbuffett. Mehr konnte ich heute nicht herunterbekommen. Das war für mich äußerst untypisch. Ich föhnte meine langen, braunen Haare, schminkte mich und zog eines meiner neuen Outfits Größe 52 an. Es gefiel mir nicht, aber ich hatte nichts Besseres für meine Figur finden können.

Den Weg vom Hotel zum Drehort, einer Konzerthalle, hatte ich mir schon viele Male zu Hause in Google Earth und im Stadtplan angeschaut. Ich konnte ihn inzwischen auswendig. Ich brauchte nur eine halbe Stunde für den Weg, aber ich ging schon eine Stunde vorher los. Für mich war dies so ein besonderer Tag, dass ich mich nicht gewundert hätte, wenn mein Weg zu Kyles Videodreh mit strahlenden Lichtern, bunten Fontänen und Reportern begleitet gewesen wäre. Stattdessen regnete es, graue Wolken verdunkelten die Stadt und die zumeist trist gekleideten Leute hasteten in sich versunken an mir vorbei, wie vermutlich an jedem Arbeitstag in New York.

Ich erreichte nach einer halben Stunde die Konzerthalle und der Pförtner ließ mich mit meinem Einladungsschreiben problemlos herein.

In der Vorhalle befand sich bereits ein bunt gemischtes Volk von Statisten. Ich war nur eine von Hunderten dieser Menschen im Videodreh. Gerade hatte ich mir einen noch freien Stuhl im Vorraum erkämpft, da herrschte schlagartig Stille und alle Köpfe drehten sich zum Eingang um.

Kyle! Zwar noch ungeschminkt und ungestylt aber dennoch strahlend. Er trug eine verwaschene Jeans und eine dunkelbraune enge Lederjacke. Er lächelte herüber und seine Wärme verteilte sich fast sichtbar im kühlen

Vorraum. Keiner der Statisten rief Kyle etwas zu oder schrie, wie ich es aus Konzerten in meiner Jugend gewöhnt war. Kyle war nicht allein. Vermutlich war der Mann, der ihn begleitete, sein Manager. Beide verschwanden hinter einer Tür. Mir war mulmig im Magen. Kyles Auftauchen hatte mich schon leicht überfordert. Vielleicht hätte ich doch frühstücken sollen.

Kurze Zeit später wurden wir in die Konzerthalle hereingelassen und sollten uns Plätze suchen. Wir wurden gebeten, uns so zu verteilen, dass das Publikum vor der Kamera möglichst gemischt wirkte: Männer neben Frauen, Ältere neben Jüngeren. Ich konnte es kaum fassen, dass ich in der zweiten Reihe vor der Bühne noch einen Platz neben einem jungen Mann ergattern konnte. Zum Glück war ich früh genug gekommen! Nun kam ein Mann mit Mikrophon und erzählte uns, wie er sich das mit dem Videodreh im Einzelnen vorgestellt hatte. Ich verstand sein Englisch sehr gut. Später sollten wir aufstehen, winken, klatschen und schreien. Kurz nach dem Ende des Drehs kämen auch noch Reporter dazu. Sie berichteten über den Videodreh. Wenn es mehr nicht war! Dafür hätte ich mein Englisch nicht so kostspielig auffrischen müssen. Da konnte ich einfach nichts falsch machen.

Erstaunlich schnell ging es schon los. Die Lichter wurden eingestellt, die Musik eingespielt und Kyle erschien. Wow! Wie gut konnte ich inzwischen die kreischenden Teenager verstehen, wenn „Take That" auf die Bühne gekommen war. Es herrschte eine Bombenstimmung, obwohl der Dreh dauernd abgebrochen und neu gestartet werden musste, damit die Kameras Kyle noch besser filmen konnten. Kyle war nicht weit entfernt von mir auf der Bühne. Ich fühlte mich ihm sehr nahe. Plötzlich beugte sich Kyle singend in meine Richtung herunter. Mir blieb das Herz stehen. Aber er schaute nicht mich an, sondern ein junges Mädchen hinter mir. Was hatte ich auch erwartet!

Nach schon vier sehr kurzweiligen Stunden war der Dreh abgeschlossen. Die Reporter wurden hereingelassen und wir sollten den Videodreh für deren Kameras und Berichte nachspielen. Noch ein paar Minuten mit Kyle! Das Blitzlichtgewitter störte mich etwas. Die Musik erschien mir plötzlich so laut. Kyle war nachgepudert worden. Er wirkte wieder frisch, als sei er gerade erst auf die Bühne gekommen. Er lächelte uns Statisten an, er lächelte in die

Kameras, sein weicher Gesichtsausdruck, seine warmen braunen Augen, seine tolle Stimme – er hypnotisierte mich förmlich - er verschwamm vor meinen Augen, die Musik verschwand und machte einem starken Piepen in meinem Ohr Platz. Die Bühne begann, sich vor mir zu drehen. Handelte es sich etwa um eine Drehbühne? Sie wurde immer schneller und Kyle schien es nicht zu bemerken. Keiner schien es zu bemerken.

„Oh nein!", stöhnte ich und hielt meine Hände an die Ohren gepresst. Nicht jetzt, bitte nicht jetzt! Mein Drehschwindel meldete sich plötzlich wieder. Er setzte immer dann ein, wenn ich sehr unter Spannung stand. Natürlich war ich hier sehr aufgeregt. Aber bitte, bitte, nicht hier bei Kyle! Bitte, nicht negativ auffallen in Gegenwart von Kyle und vor den Reportern. Ich ging in die Knie und fiel nach vorne. Ich hoffte, keiner würde es bemerken und ich würde nicht auffallen, so auf dem Boden kniend. Ich verlor meine Orientierung. Es herrschte nur noch meine Angst und der enorm schmerzhafte Druck im Ohr. Bitte nicht hier, aber es war mir langsam auch schon egal. Inzwischen wusste ich nicht mehr, ob ich mehr Angst davor hatte, öffentlich unangenehm aufzufallen, oder der

Qual des Schwindels und seiner Begleiterscheinungen ausgesetzt zu sein.

Nach einigen Minuten ließ der Schwindel langsam nach. Ich atmete schwer. Das Piepen im Ohr wurde leiser, aber ich hörte auch keine Musik mehr. War ich ohnmächtig geworden? War alles nur ein Traum gewesen?

„Alles OK?", fragte eine männliche Stimme vor mir in Englisch.

„Ja, geht wieder. Danke!", antwortete ich geistesabwesend in Deutsch und öffnete die Augen.

„Keine Ursache", antwortete der freundlich Mann in gebrochenem Deutsch. Es hörte sich niedlich an. Ich schaute auf und sah genau in ein paar bersteinbraune Augen, in Kyles Augen! Er musste mitbekommen haben, dass ich zusammen-gesackt war. Mist! Die Augen aller Statisten waren auf mich gerichtet und auf Kyle, der mir seine rechte Hand auf die Schulter gelegt hatte. Ich kniete noch auf dem Boden.

„Sorry – jetzt ist wieder alles in Ordnung. Ich hatte einen Zusammenbruch! Es ist nichts Schlimmes, ich kenne das schon", erklärte ich stolpernd in Englisch. Kyle lächelte mich weich an. Ich kam mir ungeheuer albern vor.

Wie ein Teenie, der in einen Hysterieanfall verfällt, sobald er sein Idol sieht. Und das Schlimmste war, dieser Vergleich hatte den Nagel sogar auf den Kopf getroffen.

„Möchtest du etwas zu trinken?", fragte er weiter.

„Sorry", sagte ich noch mal. „Ich wollte dich und deinen Videodreh nicht stören!"

„Kein Problem! Ich liebe es, wenn meine Fans mir zu Füßen liegen!"

Ich lachte, er lächelte. So kannte ich Kyle aus Interviews. Immer zu Scherzen aufgelegt. Immer fröhlich. Ich schaute mich um und bemerkte erst jetzt, dass wir von Reporten umringt waren, die ihre Kameras und Fotoapparate sowie Mikrophone in unsere Richtung hielten.

In dem Moment wusste ich, dass sich für mich mehr verändern würde, als ich geahnt hatte. Ich spürte eine Lawine Unheilvolles auf mich zukommen. Die Reporter riefen einiges durcheinander, was ich nicht verstand. Der Begleiter von Kyle flüsterte ihm etwas ins Ohr. Kyle nickte und lächelte. Als ich versuchte, aufzustehen, zog er mich liebevoll hoch und raunte mir zu: „Komm bitte mit mir!"

Verwirrt folgte ich. Ich verstand gar nichts und hoffte auf eine baldige Klärung, was hier ablief. Obwohl ich wieder normal laufen konnte, hatte Kyle den Arm um mich gelegt. Diesen Moment hätte ich unter anderen Umständen unendlich genossen. Jetzt beschlich mich jedoch das Gefühl, dass das alles eine gewisse Eigendynamik bekommen hatte. Und ich war mittendrin. Kyle führte mich in einen Raum hinter der Bühne. Es war der Kosmetikraum, die sogenannte Maske. Sein Begleiter kam mit uns.

„Setzt dich bitte", bat mich Kyle freundlich und wies auf einen Stuhl. Ich setzte mich brav.

„Ich habe nicht ganz mitbekommen, was passiert ist!", sagte ich verwirrt, als Kyle und sein Begleiter mich ansahen.

„Ich bin Ron, der Manager von Kyle!" stellte sich Kyles Begleiter vor. Ron war noch einen Kopf größer als Kyle und hatte dunkelbraune, leicht gewellte, Haare, die er kurz trug. Sehr auffällig empfand ich Rons wasserblauen, großen Augen, die mich kühl anschauten. Ron strahlte, genauso wie Kyle, enorme Energie und Kraft aus. Ron war nicht so schlank und durchtrainiert wie Kyle, aber seine Figur wirkte dennoch sportlich. Ron schien um die 50 Jahre alt zu sein, sofern ich Showbusiness-Leute überhaupt von ihrem Äußeren einschätzen konnte. Ich spürte direkt körperlich, wie nah sich Ron und Kyle neben der beruflichen Zusammenarbeit standen. Leichte Eifersucht machte sich bei mir breit. Stimmten die Gerüchte etwa doch, dass Kyle homosexuell sei?

Ernst, aber bestimmt unterbrach Ron meine Gedanken: „Kyle hat sich um dich gekümmert, als du umkipptest. Kyles Fürsorge ist sehr positiv von der Presse aufgenommen worden. Und die Presse weiß im Allgemein sehr genau, was beim Publikum ankommt. Gerade wenn man an die hartnäckigen Gerüchte denkt, Kyle sei homosexuell." Ich zuckte zusammen, nickte aber, während Kyle mich nur forschend ansah. Irgendwas kam da doch noch...?

„Ich habe schon lange auf eine solche Gelegenheit gewartet. Bist du verheiratet oder hast du einen Freund? Wie ist eigentlich dein Name?"

„Mara Fortein. Nein, ich bin geschieden und Single zurzeit. Ich habe aber eine 13-jährige Tochter."

„Du bist keine Amerikanerin. Wo kommst du her?" Ich kam mir vor, wie in einem Polizeiverhör.

„Sie ist Deutsche!", mischte sich Kyle ein, wobei er „Deutsche" tatsächlich deutsch aussprach. Anscheinend konnte er ein paar

Fetzen Deutsch. Ich erinnerte mich dunkel, auf seiner Fanseite von ihm selbst gelesen zu haben, dass er auch mal Deutsch gelernt habe oder lernen wolle.

Mir kam alles vor wie im Traum. Ich nickte jedoch nur abwartend.

„Arbeitest du?", Ron fragte weiter.

„Ja!"

„Was bist du von Beruf!"

„Betriebswirtin!"

„Und deine Eltern?"

„Was soll das alles?", langsam wurde ich doch ärgerlich.

„Ich will offen sein"; setzte Ron fort. „Mara, du bist nicht die attraktive, junge Frau, mit der sich Filmstars oder Sänger schmücken können. Aber die Presse und damit auch die Öffentlichkeit scheint sehr gut darauf zu reagieren, dass eine normale, nicht so schlanke Frau von einer attraktiven Vip-Person, von Kyle, beachtet wird."

Ich verstand noch immer nicht. Was wollten sie von mir?

„Wir suchen schon längere Zeit nach einer Maßnahme, die Kyle mehr Publicity bringt. Mit dir hätten wir jetzt endlich eine solche Chance!" Ron redete für mich nicht verständlich genug.

„Willst du für eine gewisse Zeit meine Freundin in der Öffentlichkeit spielen?", verdeutlichte mir jetzt Kyle.

„Kyle ist nicht mehr der Jüngste und gute Presse ist Gold für ihn!", erklärte Ron.

„Er ist ein fantastischer Sänger und sieht super aus!", entgegnete ich und merkte, wie Kyle ernst wurde. Er schien solche Komplimente nicht oder nicht mehr zu mögen.

„Mag sein, aber er spricht das ganz junge Fan-Publikum nicht mehr an. Die stehen auf andere Sänger: jünger, aktueller. Sie wollen nicht die Sänger von Zeiten ihrer Mütter." Ich nickte, da war was dran.

„Zudem läuft das Gerücht, er sei schwul. Das könnte weibliche Fans abschrecken."

„Das heißt?", ich wollte es noch mal bestätigt haben, dass ausgerechnet ich Kyles Freundin in der Öffentlichkeit spielen sollte. Ich konnte noch gar nicht fassen, was sich hier abspielte.

„Bist du bereit gegen eine gewisse Gage, in der Öffentlichkeit eine Liebesgeschichte mit Kyle aufzuführen? Ich plane, die Öffentlichkeit an einer ganz normalen Liebesgeschichte teilhaben zu lassen. Normale nicht mehr ganz junge, nicht übermäßig attraktive Frau aus Deutschland lernt Star kennen. Sie verändert sich wird attraktiv und nach ein paar

Stolpersteinen werden Kyle und sie endlich ein Paar. Die Öffentlichkeit soll mitfiebern. So wie Cinderella oder Pretty Woman. So etwas funktioniert immer und zieht das Publikum mit. Nach einer gewissen Zeit könnt ihr euch dann wieder unter einem fadenscheinigen Grund trennen."

„Ich bin nicht so begeistert", entgegnete ich langsam. „Zudem habe ich eine Tochter, die mich braucht!" Ich glaubte aus Kyles Augen so etwas wie ein schlechtes Gewissen zu entdecken. Er machte auf mich den Eindruck eines aufrichtigen Menschen. Aber was, wenn er das nicht war? Wenn er überheblich, arrogant und womöglich gewalttätig war? Was wusste ich schon wirklich über seinen Charakter? Und Ron war mir sowieso nicht sympathisch. Er wirkte auf mich wie ein harter, eiskalter Geschäftsmann.

„Deine Tochter ist kein Problem. Ihr müsstet nur immer wieder mal in der Öffentlichkeit eure Seifenoper spielen. Dann holen wir dich kurzfristig aus Deutschland nach New York, Mara. Die Anreise und Zeitumstellung sind zwar jedes Mal ziemlich anstrengend für dich, aber bedenke dabei: du erhältst auch Geld für Auftritte und Gage als angehende Freundin von Kyle." Ron sah mich auffordernd an.

„Wir kennen uns doch gar nicht", fiel mir nur noch ein.

„Eure Liebesgeschichte wäre doch nur Show! Reine Show! Du scheinst Kyle sehr zu mögen, das sehe ich deinen Blicken an, Mara. Solch eine Gelegenheit, berühmt zu werden und Geld zu verdienen bietet sich dir sicher nicht mehr so bald!"

„Und Kyle nah zu sein!", ergänzte ich auf Deutsch. Ich war verrückt nach ihm, seiner Stimme, seinem Lächeln. Kyle zwinkerte mir zu.

„Wie denkst du denn darüber?", wandte ich mich direkt an Kyle.

„Keine schlechte Idee. Es würde meinen Erfolg wahrscheinlich sehr viel weiterbringen. Aber überlege dir genau, was das für dich, deine Tochter und dein Leben bedeuten würde. Du ständest zumindest kurzzeitig in der Öffentlichkeit und wärst Kritiken ausgesetzt!" Kyle war so entsetzlich fair und offen.

Ich hörte die Leute draußen auf dem Flur unruhig werden.

„Ok!", Ron hörte die Unruhe auch und bestimmte daher, „so Mara, hier ist meine Visitenkarte. Es ist jetzt zwei Uhr nachmittags.

Heute Abend lädt dich Kyle zum Abendessen ein."

Kyle grinste. „Ron ist geizig, musst du wissen! Aber ich lade dich gerne ein!"

Ron redete aber unbeirrt weiter: „Nenne bitte gleich dem Portier vorne deine Hotelanschrift, dann holen wir dich um sieben Uhr heute Abend ab. Bis dahin kannst du unser Angebot überdenken und, wenn du willst, auch das Abendessen absagen. Ich bringe den Vertrag mit und werde dir die Einzelheiten mitteilen und noch Fragen mit dir klären. OK?"

Erschlagen nickte ich: „OK!"

Ron gab mir seine Visitenkarte und öffnete, ohne eine Antwort zu geben die Tür zu den Statisten und den Reporten, die noch immer ihre Kameras auf die Tür gerichtet hatten. Kyle kam auf mich zu, drückte mich zum Abschied und flüsterte mir ins Ohr: „Bis nachher!" Er spielte bereits seine Rolle. Dann führte mich Ron zum Portier, begleitet von den Reportern, vor die er mich jedoch mit „Kein Kommentar" beschützte. Kyle war schon irgendwohin verschwunden.

Als ich das Konzerthaus verlassen hatte, kam mir alles unwirklich vor. Ich lachte und stöhnte dann kurz auf. Das alles konnte doch unmöglich tatsächlich geschehen sein?

Ich hatte die Chance berühmt, zumindest jedoch bekannt zu werden. Die einmalige Chance. Aber zu welchem Preis! Ich spielte das hässliche Entlein, dessen sich ein königlicher Schwan annimmt. So, wie Pretty Woman. Oder My Fair Lady oder Cinderella. Aber hatten die Frauen dort tatsächlich so schlechte Rollen? Konnte ich es wagen, solch eine Rolle zu spielen? Welche Nachteile würde ich später deswegen einmal haben? Welche Probleme könnte meine Tochter dadurch bekommen? Wie viele weibliche Schauspielerinnen spielten schlechte Rollen. Aber – und das war der entscheidende Unterschied: der Zuschauer wusste dann, dass diese Frauen nur schauspielerten. Bei uns sollte es absolut echt wirken. Ich wäre ein absolut echtes hässliches Entlein.

Innerlich war mir schon klar, dass ich es wollte. Ich wollte bekannt sein und ich wollte vor allem mit Kyle zusammen im Rampenlicht stehen, das Glamourleben genießen, wichtig sein. Am Reizvollsten erschien mir die Hoffnung, mein eintöniges Leben für eine zeitlang mit einem abenteuerlichen, ereignisreichen Glamourleben zu tauschen.

Ich setzte mich in das erste New Yorker Cafe, an dem ich vorbeikam und bestellte einen Cappuccino. Hübsch würde ich so nebenbei auch noch werden. Das gehörte mit zum Schauspiel, wenn ich es richtig verstanden hatte. Und Kyle würde für kurze Zeit zu mir gehören. Ist da die vorübergehende hässliche Rolle nicht völlig akzeptabel? Geld würde ich auch noch verdienen!

Oh, Gott! An meine Arbeitsstelle hatte ich gar nicht mehr gedacht. Was würden meine Arbeitskollegen dazu sagen? Verbieten konnte mir keiner etwas, solange ich die Arbeit nicht vernachlässigte und Urlaub hatte ich noch genug. Und da ich als Buchhalterin nicht mit Kunden zu tun hatte, musste ich mir um mein Ansehen auch keine Gedanken machen. In meinem Privatleben hatte mir tatsächlich keiner etwas zu sagen, aber war das Leben einer, wenn auch vorübergehenden VIP tatsächlich nur noch Privatleben? Ich glaubte jedoch, von meinem Chef zu wissen, dass er solche Eskapaden tolerieren würde.

Wer nicht wagt, der nie gewinnt!

Ich rief bei meiner Mutter an. Dann bei meiner Freundin. Beide waren nicht sonderlich begeistert und fanden die Idee eher kindisch und unreif. Aber letztlich würden sie mich unterstützen, wenn es das wäre, was ich wirklich wollte. Nun kam noch meine Tochter dran.

Sowohl meine Mutter als auch meine Freundin spürten wohl deutlich, dass ich die Entscheidung für mich schon getroffen hatte. Ich rechnete es ihnen hoch an, dass sie nicht versuchten, mich noch zu verunsichern, auch wenn man die Sorge deutlich aus ihrer Stimme heraushören konnte. Meine Mutter würde meine Tochter betreuen, wenn ich meine Seifenoper mit Kyle spielte. Das war ausreichend.

Nur die Meinung meiner Tochter dazu war mir wichtig und konnte meine Entscheidung noch kippen.

Ich bestellte im Café einen zweiten Cappuccino. Meine Hand zitterte noch immer vor Aufregung. Ich hätte lieber etwas essen als mich noch mit Koffein aufpuschen sollen. Aber ich verspürte noch immer keinen Hunger.

Langsam wählte ich die Handynummer meiner Tochter an.

„Hi?", meldete sie sich fröhlich.

„Mäuschen, hallo! Wie geht es dir?", begann ich vorsichtig das Gespräch.

„Nun schieß schon los. Oma sagte gerade schon, dass du etwas unglaublich Spannendes erlebt hast."

Kurzerhand entschied ich mich, ihr die Geschehnisse in einer lockeren, lustigen Form zu präsentieren. Meine Tochter war klug genug, dennoch die Ernsthaftigkeit meines Vorhabens erfassen zu können.

„Weißt du noch", legte ich daher los, „dass ich auf gar keinen Fall Kyles Videodreh stören wollte?"

„Klar. Deswegen hast du dich sogar mit dem nervigen Englischlehrer herumgeplagt!"

Ich lachte. „Vermutlich wird es in Deutschland nicht in den Zeitungen zu lesen sein. Aber in den New Yorker News kann man morgen hören und lesen, dass ich Kyle die Show gestohlen habe!"

Nun hörte ich meine Tochter kichern. „Typisch meine Mutter. Was hast du denn jetzt schon wieder angestellt?"

„Tja – nicht gefrühstückt und mich zu sehr auf den Videodreh gefreut!"

„Und auf Kyle!"

„Natürlich."

„Nun erzähl doch schon endlich!"

„Zu wenig gegessen, zu viel Aufregung und Stress und ...!"

„Nein!", rief meine Tochter halb belustigt, halb besorgt. „Doch wohl kein Drehschwindelanfall?"

„Leider doch!" Gedanklich strich ich das „Leider" in diesem besonderen Fall schnell wieder.

„Arme Mutti!" Mein Gott, war meine Tochter süß!

„Du siehst schon ganz schön erschreckend während eines Schwindelanfalls aus!", setzte sie fort.

„Ja, das fand Kyle auch!"

„Was?"

„Er pflückte mich vom Boden auf, was bei den anwesenden Reporten sehr, sehr gut ankam!" Meine Tochter bekam sich vor Lachen kaum ein.

„Als du Kyle vor dir sahst, hast du sicher gleich den nächsten Anfall bekommen, nicht wahr?"

„Frechdachs! Nein, er und sein Manager boten mir an, ein Märchen mit Kyle vorzuspielen – so was wie Aschenputtel." Es klang eigenartig, aber besser konnte ich dieses Angebot in ein paar Worten nicht ausdrücken.

„Du als Schauspielerin?"

„Ja und nein. Ich soll die unattraktive Frau spielen, die sich Kyle annährt, die dann hübsch wird und das alles führt zu einer vorgespielten, spannenden Liebesgeschichte!"

„Aha, meine Mutter spielt Aschenputtel."

Ich stöhnte auf. Nur, dass Aschenputtel bereits als dreckiges Putzmädchen schon attraktiv war.

„Und ich merke, dass du das tatsächlich machen willst!" Meine Tochter kannte mich sehr gut.

„Ich habe mich noch nicht fest entschieden! Hättest du grundsätzlich etwas dagegen? Der Manager von Kyle, Ron heißt er, versicherte mir, dass ich auch noch Zeit für dich hätte und weiter arbeiten könne."

„Was soll ich dann dagegen haben?" Typisch kurze Antwort meiner Tochter.

„Dann dürftest du allerdings niemandem sagen, dass es nur ein Fake ist, besser: eine werbewirksame Maßnahme. Auch nicht, wenn du vielleicht mal interviewt würdest."

„Cool. Meine Schulfreundinnen werden wohl blöde Kommentare ablassen, aber das tun sie eh immer. Die würg ich ab, wenn sie das mit dir und Kyle überhaupt mitbekommen. Schließlich stehen sie eigentlich mehr auf andere Musikrichtungen und Sänger!"

Halb erleichtert, halb schuldbewusst murmelte ich: „Ja, ich weiß! Sag ehrlich, wenn es dir peinlich ist, dass ich so etwas mache. Meine Entscheidung werde ich unter Berücksichtigung mehrerer Punkte treffen!"

„Klar! Wenn du es willst, mach es ruhig. Es ist schon cool, eine prominente Mutter zu haben!"

„Mein großartiges Mädchen!", sagte ich dankbar. Sie war clever und wollte mir nicht im Wege stehen.

„Okay. Heute Abend gehe ich mit Kyle und Ron essen. Das Spiel beginnt!"

„Wow, viel Spaß, Mutti!"

„Danke. Tschüss!"

Ich klappte das Handy zu. Mein schlechtes Gewissen meiner Tochter gegenüber arbeitete noch. Aber ich sah auch meine einmalige Chance, auf ein kurzzeitig abenteuerliches Leben. Jedoch auch Unsicherheit kroch in mir hoch. Alles war neu für mich! Ich lebte bisher zurückgezogen und war als Buchhalterin nur auf unattraktives Zahlenwerk bezogen. Ab jetzt würde ich ständig aufpassen müssen, was ich in der Öffentlichkeit sagte, wie ich mich benähme und kleidete. Natürlich vorausgesetzt, Kyle und Ron hielten weiterhin an ihrer Idee fest.

Kurz vor 19:00 Uhr stand ich wartend vor meinem Hotel. Mir schwante, dass ich mein Interesse an diesem Deal vielleicht nicht so offen zeigen sollte, hatte andererseits aber große Angst, meine mir hier gebotene einmalige Chance schlichtweg zu verpassen.

Ein typisch gelbes New Yorker Taxi rollte langsam heran und hielt vor mir. Der Fahrer stieg aus und fragte. „Ms. Mara Fortein?" Er sprach meinen Nachnamen so amerikanisch aus, dass ich nur erahnen konnte, dass er mich damit auch tatsächlich meinte.

„Yes!"

Der Taxifahrer hielt mir galant die rechte Beifahrertür auf.

Ich genoss die Fahrt durch das bereits teilweise beleuchtete New York in vollen Zügen. Ich fieberte meinem jetzt beginnenden abenteuerlichen Leben entgegen.

Das Taxi hielt vor einem eleganten Restaurant. Vor dem Eingang befanden sich Portiere in eleganter Uniform. Es musste sich um eine sehr teures Szenerestaurant handeln.

„Wie viel kostet die Fahrt?", fragte ich den Taxifahrer.

Er winkte ab: „Ist bereits bezahlt!"

Ich lächelte und drückte dem Taxichauffeur noch eine 5-Dollar-Note in die Hand. War das Trinkgeld wohl angemessen? Ich durfte jetzt schon keine Fehler mehr machen. Schließlich hoffte ich, doch bald zu den bekannten Personen, den sogenannten Promis zu gehören. Der Taxifahrer nickte mir lächelnd zu. Er schien zufrieden zu sein. Als ich ausgestiegen war, fuhr das Taxi los. Ich stand etwas hilflos vor dem Restaurant und fühlte mich fremd in dieser Welt. Was nun? Nur keine Schwäche zeigen.

Ich ging auf einen der Portiers zu und sprach ihn an: „Ich werde hier erwartet. Mein Name ist Mara Fortein!" Der Portier nickte mir freundlich zu und machte ein Handzeichen, dass ich durchgehen konnte. Die erste Hürde war geschafft. Ich kam in einen Flur, der mit einem roten Teppich ausgelegt war. Die Wände schmückte eine teuer wirkende rotbraune Strukturtapete. So stellte ich mir einen Königspalast vor. Am Ende des Flurs stand ein elegant gekleideter Kellner vor einem Stehpult, auf dem sich ein dickes Terminbuch im bordeauxroten Ledereinband befand. Er nickte mir bereits freundlich zu, schien mich aber keineswegs zur Eile antreiben zu wollen.

Ich ging so selbstsicher es mir in dieser fremden Situation möglich war auf ihn zu.

Und wieder leierte ich mein englisches Sätzchen herunter, als wäre es das einzige, was ich je in der Schule gelernt hatte. „Ich werde hier erwartet. Mein Name ist Mara Fortein!"

„Die Herren warten schon auf Sie. Folgen Sie mir bitte!"

Staksig und unbeholfen lief ich hinter dem Kellner durch den riesigen Raum mit den Separées her. Ich schaute mich dauernd staunend um, obwohl ich befürchtete, dabei gegen Stühle oder Gäste zu laufen. Einige Gesichter kamen mir bekannt vor. Kein Wunder, hier dinierten sicher auch andere bekannte Persönlichkeiten, die zurzeit in New York waren.

Der Kellner blieb stehen und zeigte auf einen elegant gedeckten Tisch, an dem bereits Ron und Kyle saßen. Beide standen sofort auf und begrüßten mich mit Handschlag. Ron blieb ernst, musterte mich aber forschend. Kyle dagegen lachte unbeschwert.

„Hast du den ersten Schritt in dein neues Leben mit mir gut überstanden?", zwinkerte er mir zu. Kyles bersteinfarbenen Augen waren im Grunde sehr ernst und von ihnen ging eine große Entschlusskraft aus. Er spielte wieder den unbefangenen, fröhlichen Jungen, was ich so sehr an ihm liebte.

„Ja, war kein Problem!", antwortete ich lächelnd. Ich setzte mich keck. Die beiden anderen ließen sich nach mir wieder auf ihre Stühle sinken.

Jetzt entdeckte ich eine Flasche Sekt auf den Tisch. Ron beobachtete mich sehr aufmerksam und registrierte sofort meinen Blick.

„Und? Können wir nun auf unser gemeinsames Projekt anstoßen oder lieber nur auf einen netten Abend?", reagierte er sofort, sprach aber betont langsam, damit ich als Ausländerin auch alles mitbekam.

Ich machte eine bedeutungsvolle Pause. „Lasst die Show beginnen!"; sagte ich fröhlich, aber leise. Letztlich sollte keiner mitbekommen, dass dies alles nur eine geplante Inszenierung war.

Ron schüttete den Sekt - oder war es sogar Champagner? - in unser Glas und wir prosteten uns zu. Als ich mit Kyle anstieß, zwinkerte er mir zu. Mein Gott, auf was hatte ich mich da bloß eingelassen? Auf ein Spiel mit einem Mann, in den ich verknallt war und der, wenn man den Gerüchten Glauben schenkte, schwul war. Ob homo oder bi - letztlich hätte ich sowieso nie eine Chance auf eine wirkliche

Liebesbeziehung mit ihm – das war mir ganz klar. Noch!

Ron stellte das Glas hin und kramte aus seiner schwarzen Ledertasche mehrere DinA-4-Blätter heraus. „Hier ist der Vertrag! Ich habe ihn heute Nachmittag noch schnell ins Deutsche übersetzen und die Übersetzung beglaubigen lassen!"

„Das hat so schnell funktioniert?", erwiderte ich erstaunt.

„Ron macht das Unmögliche möglich", mischte sich Kyle ein. „Das wirst du jetzt sicher auch noch einige Male feststellen."

Ich nickte. Was für eine Welt tat sich mir auf?

„Willst du den Vertrag jetzt lesen oder doch erst nachher?", Ron blieb professionell. Aus der Betonung seiner Frage ging klar hervor, dass er erwartete, den Vertragsabschluss sofort hinter sich bringen zu können.

„Jetzt, bitte!", antwortete ich daher.

Er reichte mir den Vertrag herüber. Ich überflog die Zeilen. Obwohl er in einwandfreies Vertragsdeutsch übersetzt war, konnte ich den Inhalt kaum erfassen. Ich registrierte wohl, dass ich für längstens ein Jahr an den Vertrag gebunden war, eine Gage und Kostenentschädigungen sowie anteilige Gelder für Auftritte erhalten sollte. Weiterhin gab es eine Geheimhaltungsklausel, die zehn Jahre gültig war. Den Rest konnte mein nervöses Gehirn zu diesem Zeitpunkt nicht aufnehmen. Das Geld, was ich bekommen würde, erfreute mich, ebenso die Nähe zu Kyle. Jedoch entscheidend war für mich einzig und allein das in Aussicht gestellte Abenteuer. Ich ahnte noch nicht mal annähernd, wie viel Umstellung ein Leben in der Öffentlichkeit bedeutete.

Ich blickte auf und schaute in zwei bernsteinfarbene ernste Augen. Sie signalisierten mir eine Warnung zur Vorsicht, aber auch eine Aufforderung zur Zusammenarbeit.

Ich schloss kurz die Augen und unterschrieb dann sowohl das deutsche als auch das englische Vertragsexemplar ohne weitere Durchsicht. Ron schob mir zwei weitere Exemplare zu, die angeblich inhaltlich den bereits unterschriebenen entsprechen sollten. Auch diese Verträge unterschrieb ich blind. Ich fühlte mich naiv. Andererseits schüttelte ich endlich meine bisherigen Bindungen, Ängste, Sicherheitsgedanken als Mutter, Betriebswirtin und Deutsche ab und wollte bewusst ein Risiko eingehen. Ich überreichte Ron alle vier Exemplare. Er und Kyle unterschrieben ebenfalls und überreichten mir ein englisches und ein deutsches Exemplar.

Der Kellner hatte vermutlich nur darauf gelauert, endlich unsere Bestellungen aufnehmen zu können. Er erschien sofort auf der Bildfläche und reichte uns die Speisekarten. Der Kellner wartete geduldig, bis wir uns für ein Essen entschieden hatten. Kyle und Ron brauchten nicht lange. Sie schienen sich hier auszukennen. Ich nahm kurz entschlossen ein Steak mit Gemüse, Kartoffeln, Salat und einer für meine Englischkenntnisse unerkennbare Vorspeise.

Risiko! Abenteuer! Es begann! Wow!

Die Lichter im Restaurant, die Anwesenheit von Kyle, der elegant gedeckte Tisch – das alles faszinierte mich. Und ich gehörte jetzt dazu. Ich fühlte mich wie unter Drogen.

So musste ich wohl auch ausgesehen haben, denn Kyle beugte sich zu mir herüber und sagte: „Daran wirst du dich viel zu schnell gewöhnen, Liebes!" Ich roch sein betörendes Aftershave. Ich sah in seine warmen Augen. Sein „Liebes" hallte noch tausendmal in meinem Kopf nach.

Kyle sprach inzwischen wieder mit Ron und sein Temperament, das ich aus Fernsehinterviews kannte, war nahezu körperlich spürbar. Kyle redete mit seinem ganzen Körper und lachte immer wieder herzlich und offen. Und ich würde seine Freundin werden, wenn auch nur zum Schein. Irgendwann wären wir uns ganz, ganz nah. Inzwischen verlangte mein ganzer Körper nach Kyle.

Ron schaute mich an, während ich Kyle weiter wie ein verliebtes Schulmädchen anhimmelte. „Mara, ja lasst uns genau jetzt die Show beginnen!", wiederholte Ron fast ein wenig sarkastisch meine vorhin theatralisch verkündete Entscheidung für unser Schauspiel. Er entschuldigte sich kurz bei uns und stand auf.

Eine peinliche Stille am Tisch entstand. So sagte ich: „Das ist alles sehr schnell gegangen. Gestern kanntest du mich noch nicht einmal!"

„Ja, im Showbusiness rast alles extrem schnell. Wenn man nicht dauernd neben der Entwicklung entlangjoggt, verpasst man leicht den Anschluss. Für einige Zeit wirst du nun mit uns zusammen rennen!" Kyles Stimme war stark, aber hatte etwas Liebevolles. Seine Augen leuchteten zwar, aber waren zugleich ernst. Diese Gegensätze machten mich wahnsinnig. Meine Emotionen überschlugen sich. Mein Herz pumperte unaufhörlich laut und spürbar.

Ron kam schnellen Schrittes heran, hinter ihm der Kellner mit den Vorspeisen.

„Ja, ich habe nur kurz die Presse und Susan angerufen." Ron schaute mich und Kyle abwechselnd an.

„Susan ist unsere Visagistin!", erklärte mir Kyle.

„Die Reporter werden in ungefähr dreißig Minuten hier sein, Susan will es in zehn schaffen. Kyle, Du brauchst nicht mehr durch die Maske. Aber Mara, mit dir müssen wir noch etwas anstellen!" Ich nickte. Ich war ganz seiner Meinung. Ich wirkte so unscheinbar, obwohl ich mich schon leicht geschminkt hatte.

„Die Kleidung ist OK?" Ron stellte diese Frage an Kyle, während er mich musterte.

„Ja, geht so!", Kyle stimmte zu.

Ich freute mich. Da hatte ich doch etwas Schönes gekauft und dabei sagte meine Mutter immer, ich würde zu wenig Wert auf mein Äußeres legen.

Als wir gerade die Vorspeise gegessen hatten, kam Susan. Sie haute mich um. Blond, lebendig, strahlend und sehr, sehr farbenfroh. Als Visagistin war sie ihr eigenes

Aushängeschild. Sie begrüßte uns alle mit einer Umarmung und schaute mich dann streng an.

„Ja, da muss ich noch was dran tun!" Sie drehte sich um und ging weg.

„Folge ihr bitte!", wies mich Kyle an.

Ich stand auf und rannte hinter ihr her. Ein Stuhlbein, das zu einem Stuhl des Nachbartisches gehörte, hatte ich übersehen. Ich stolperte, konnte mich aber auffangen. Im Hintergrund hörte ich Kyle lauthals auflachen. Zu gerne hätte ich mich umgedreht und geschaut, ob auch Ron lachte, aber ich durfte den Anschluss an Susan nicht verpassen. Daher murmelte ich nur „Sorry!" zu dem Herrn, der auf dem Stuhl saß, über dessen Bein ich gestolpert war.

Susan verschwand in der Damentoilette. Ich lief hinterher. Aus ihrer Aktentasche kramte sie mit einer ungeheuren Geschwindigkeit Unmengen von Schminksachen, Spiegel, Töpfchen, Haarspray, Haargele und andere Dinge heraus, die ich gar nicht kannte.

„Dreh dich bitte zu mir", befahl sie streng. Ich gehorchte wortlos. Sie puderte mich, sie cremte mein Gesicht mit Makeup ein. Sie bearbeitete meine Augen, Wangen sowie meine Lippen.

Ich durfte mich dabei nicht bewegen und vor allem nicht in den Spiegel schauen.

Ich freute mich schon. Das sollte sicher eine Überraschung werden – die strahlend schöne Mara! Zum Schluss rieb sie mir etwas Gel ins Haar und verformte es irgendwie strubbelig. Ein komisches Gefühl beschlich mich. Ich hatte meine Haare heute Nachmittag nochmals gewaschen und geföhnt. Jetzt, nachdem Susan sie gegelt hatte, fühlten sie sich wieder fett und ungepflegt an. Aber Susan würde schon wissen, was sie da tat.

Nach zehn Minuten war sie fertig und drehte meine Schultern in Richtung des Spiegels, damit ich mich bewundern konnte. Ich schrie auf. Was war denn das?

„Ron hat dir doch sicher gesagt, was geplant ist?", fragte Susan nun unsicher.

„Ja, eigentlich nicht. Er hat nicht gesagt, dass ich erst noch hässlicher werden muss", stöhnte ich. Mich schaute eine übernächtigte, wesentlich älter und dicker wirkende Frau entgegen, die keinerlei Geld für Shampoo oder Frisör zu haben schien.

„Cinderella lag auch erst einmal in der Asche, ehe der Prinz sie zu sich holte", tröstete Susan.

Ja, stimmt. Ich war erst einmal das hässliche Entlein. Und dazu passte mein selbstausgesuchtes Outfit wohl offensichtlich perfekt. Herzlichen Glückwunsch Mara, worauf hast du dich da bloß eingelassen!

Sehr eingeschüchtert verließ ich die Damentoilette. Ich schämte mich wegen meines Aussehens. Ich sah schon wieder Blitzlichtgewitter auf mich zukommen. Meine Augen begannen zu tränen. Ich wollte sie reiben, da raunte mir Susan zu: „Nein – die Schminke darf nicht verwischt werden!"

Kyle eilte auf mich zu und legte seinen Arm um mich. Er drückte mich an sich und lächelte gekonnt in die Kameras. Die Blitzlichter waren so grell, ich tränte immer mehr. Alles verschwamm vor meinen Augen und ich dachte nur noch an die Schminke, die nicht verlaufen durfte.

Kyle küsste mich zärtlich auf die Wange und sagte zu den Reporten: „Ich freue mich, dass ihr Zusammenbruch heute Morgen keine ernsthafte Ursache hatte. Sie ist eine so bewundernswerte Lady mit sehr viel Gefühl!" Damit wischte er mir eine laufende Träne von der Wange. Aha, da war die Schminke langsam doch noch in Gefahr und Kyle versuchte professionell Susans Schminkkünste in meinem Gesicht zu erhalten. Vor zwölf Stunden hätte ich alles für diese Nähe zu Kyle getan. Nun dachten wir beide nur noch an die Reporter und die Schminke. Ich spielte dabei wohl die Rolle einer überarbeiteten, nervenschwachen, berufstätigen, völlig unattraktiven, deutschen Mutter, die hier mit Kyle den Abend ihres Lebens erlebte. Okay!

„Kyle ist fantastisch und unterhaltsam. Und das Restaurant hier – ich bin sprachlos!" Das war mein Beitrag für die Reporter und ich begann wieder zu tränen. Ron stand nicht weit rechts von mir und nickte mir zu. Vertrag erfüllt – jedenfalls für heute.

Die ersten Reporter packten schon wieder ihre Kameras ein, schauten auf die Uhr und hasteten aus dem Restaurant heraus. Wie in einem Bieneschwarm rannten die anderen hinterher. Wir waren wieder unter uns.

„Great!", sagte nun auch Kyle und ließ mich los – leider! Jetzt hätte ich sie endlich genießen können: seine Umarmung! Ron nickte.

Wortlos gingen wir zu unserem Platz zurück, Susan verabschiedete sich kurz und wir begannen, das Hauptmenü zu essen. Ich war wie erschlagen. Eine neue Welt: schockierend und schön zugleich. Ganz anders. Kyle und Ron unterhielten sich, als sei nichts vorgefallen. Ich bekam nichts mit, mein Gehirn hatte abgeschaltet. Wow, langsam dämmerte es mir ein wenig, auf was ich mich da eingelassen hatte.

Am nächsten Tag wachte ich mit starken Kopfschmerzen auf. Das konnte doch alles nur ein Traum gewesen sein. Ich zog mich dennoch hastig an und eilte zur Rezeption herunter. Übereilig kaufte ich gleich drei amerikanische Tageszeitungen auf einmal. Die Dame an der Rezeption grinste. Was hatte sie bloß über mich gelesen? Ich setzte mich auf einen Sessel in der Rezeption und überflog hastig die Zeitungen. Da: „Kyle hilft deutschen Mutter!" – „Kyle kümmert sich um schwächelnden Fan!", „Was macht Kyle mit dieser Frau?" Und immer noch war mein Gehirn nicht in der Lage, den englischen Text darunter zu begreifen. Ich las nur einzelne Wörter, wie „unattraktiv, deutsch, schwach, weinen, Zusammenbruch, liebevoll usw." Unzusammenhängendes Zeug! Aber die Reporter hatten unser Spiel mitgemacht. Es hatte funktioniert. Die Fotos von mir und Kyle wollte ich mir nicht anschauen. Mein trostloser Anblick war nur für den Anfang der

Liebesgeschichte geplant – später würde ich dann zum stolzen Schwan, tröstete ich mich.

Für heute war der Rückflug nach Deutschland geplant. Übermorgen wartete schon wieder meine Buchhalterarbeit auf mich. Wie unvorstellbar, plötzlich. Gedanklich wanderte ich zu meinem Leben in Deutschland zurück. Ein Schreck durchfuhr mich. Es konnte doch nicht etwa sein, dass auch eine deutsche Zeitung auch über mich geschrieben hatte? Hektisch rief ich meine Mutter an und fragte danach. Nein, in Deutschland gab es noch keine diesbezüglichen Nachrichten.

Dann rief ich Ron an.

„Hi, Mara!", begrüßte er mich sachlich.

„Hi, Ron! Mein Flieger nach Deutschland geht heute um 15.30 Uhr. Ich kann doch nach Deutschland zurückfliegen? Ich muss übermorgen wieder arbeiten!"

Ich hörte Ron am Telefon auflachen. „Ja, es lief gestern sehr gut. Danke, Mara. Sicher kannst du heute zurück nach Deutschland. In unserem Leben bist du noch nicht so richtig angekommen? Du bist eher noch im Büro, nicht wahr?"

„Ja, und bei meiner Tochter!"

„Ach, wie süß!" Das klang ironisch.

„Meldest du dich wieder, wenn es weitergeht, Ron?"

„Klar! Lass mir bitte noch deine genauen Kontaktdaten da!"

Ich diktierte sie ihm.

„Guten Flug, Liebes!"

„Äh, danke!" Was war denn das: „Liebes"? Diese Bezeichnung schien in dieser Branche wohl einfach eine nette oder vertraute Anrede zu sein. Dann durfte ich mir auf das gestrige „Liebes" von Kyle wohl leider doch nichts einbilden.

Ich wusch mir noch gründlich die Haare, schminkte mich auffällig bunt und war froh, dass mich so aufgemacht keiner in meiner Fahrt zum John F. Kennedy International Flughafen zu erkennen schien.

Zu Hause hörte meine Tochter gar nicht mehr auf, zu lachen, als ich ihr die Fotos aus der Zeitung zeigte. „Mutti, das bist du? Hast du mit Kyle die Nacht durchgemacht und dazu noch Haschisch geraucht. So siehst du nämlich aus!"

Ich knurrte leise. Nur drei Personen wussten von dem Deal mit Kyle: meine Mutter, meine Tochter und meine Freundin. Diesen drei

Personen konnte ich absolut vertrauen. Dennoch war es mir ein wenig peinlich vor ihnen, mit welchen hässlichen Fotos ich jetzt in New York bekannt war.

Meine Tochter kannte mich gut genug, um das zu spüren: „Mach dir nichts daraus. Zumindest wird sich dein Englisch während der Zeit mit Kyle enorm verbessern!" Ich lachte nur halbherzig.

Schon am kommenden Tag im Büro dämmerte mir, dass ich dort nicht nur die Wahrheit verschweigen, sondern auch meine Nebenbeschäftigungsklausel im Arbeitsvertrag brechen musste. Ich hatte meinem Chef sämtliche Nebenbeschäftigungen zu melden und sogar genehmigen zu lassen. Diesen schauspielerischen Nebenjob mit Kyle konnte ich ihm leider nicht melden, denn ich durfte ja nicht darüber reden. Ich war sehr bedrückt darüber, da ich ein sehr gutes Verhältnis zu meinem Vorgesetzten hatte und er sich immer fair und kulant mir gegenüber verhalten hatte. Hoffentlich würde unser Schauspiel nie als ein solches aufgedeckt. Ich war in Deutschland wieder Buchhalterin und Mutter und verdammt ängstlich, meinen Lebensunterhalt zu verlieren. Meine Risikofreudigkeit hatte ich wohl in den USA zurückgelassen.

Zitternd arbeitete ich am Abend meinen Vertrag mit Ron und Kyle durch. Wie hatte ich ihn nur mehr oder weniger ungelesen unterschreiben können? Und das als studierte Betriebswirtin! War mein Verstand in Kyles Gegenwart tatsächlich völlig inaktiv? Im Geschäftsleben wird doch betrogen und belogen. Warum sollte es im Showbusiness anders sein? Aber erstaunlicherweise enthielt der Vertrag keinerlei Fallen. Komisch! Ich hätte darauf gewettet, dass Ron ein eiskalter Geschäftsmann war und nur an Kyles und seinen Vorteil gedacht hatte. Aber der Vertrag war fair. Vermutlich hatte Kyle darüber gewacht, dass Ron mich nicht reinlegen konnte. Mein Herz pumperte beim Gedanken an Kyle heftig.

Nach Deutschland drang zu diesem Zeitpunkt tatsächlich nichts von Kyles Treffen mit mir durch. Noch war es selbst zu unwichtig für ein Video auf der Webseite YouTube. Ich war erleichtert. Irgendwann würden wir auf YouTube zu sehen sein und bis dahin durfte ich hoffentlich den Schwan spielen und nicht mehr das hässliche Entlein.

In den nächsten Tagen nach der Rückreise hatte ich mein normales Leben wieder aufgenommen. Das bedeutete Verpflichtungen, Arbeit, Kind, Tiere, Gesetze und Zahlenwerke. New York war weit, weit weg und langsam begann ich daran zu glauben, dass das alles nur ein Traum gewesen war.

Nach drei Wochen rief mich meine Tochter um die Mittagszeit im Büro an. „Mutti, du hast einen Brief von einem Ron aus den USA bekommen. Darf ich ihn lesen?"

„Klar. Lies ihn mir bitte am Telefon vor!" Meine Stimme zitterte vor Aufregung.

Im holpernden Englisch las sie: „Liebe Mara, erinnerst du dich noch an uns? Bestimmt aber doch an Kyle, nicht wahr?"

Meine Tochter kicherte böse. „Der kennt dich!", ergänzte sie.

„Weiter, bitte!"

„Schreibe Kyle bitte einen Brief, dass dir der Abend sehr gut gefallen hätte und du dich in ihn verliebt hast. Anbei findest du ein Return-Flugticket von Düsseldorf zum John F.

Kennedy International Airport für den 10. bis 12.Juli 2009. Das ist übers Wochenende und deine Arbeitstelle leidet nicht besonders darunter. Schreibe in dem Brief bitte auch, dass du an diesem Wochenende in New York bist und dich gerne mit ihm treffen würdest. Diesen Brief werden wir der Zeitung übermitteln, zusammen mit dem Zeitpunkt deines Treffens mit Kyle. Also gestalte den Brief bitte entsprechend. Am Flughafen schicken wir dir einen Fahrer, der dich zu deinem Hotel bringen wird und dann auch zu Kyle. Auch für dein Outfit ist gesorgt. Die Adresse von Kyle findest du unten. Aber bitte schreibe ihm immer nur auf meine Anforderung, sonst besteht das Risiko, dass unser Deal aufgedeckt wird. Beste Grüße, Ron"

Pause!

„Der schreibt aber im einfachen Englisch. Das verstehe sogar ich!", prahlte meine Tochter.

Ich stöhnte auf. „Ja, ich soll auch alles irrtumsfrei verstehen können und bloß keinen Fehler machen."

„Und? Schreibst du den Brief?"

„Klar!" Mehr konnte ich am Telefon in meinem Büro, umringt von Arbeitskollegen, nicht sagen.

„Ach ja, wegen deinem Vertrag!", schloss meine Tochter haarscharf.

„Auch...!"

„Und wegen deinem Kyle!" Sie liebte es, mich mit meiner Schwärmerei aufzuziehen.

„Auch...!"

Nun wurde meine Tochter ernst. „Weswegen noch? Wegen Ron?"

„Nein, der ist mir egal! Aber du weißt doch, ich liebe Abenteuer!"

Ich schrieb den Brief. Natürlich schrieb ich den Brief. Er war schlussendlich Vertragsbestandteil. Zumindest redete ich mir ein, dass ich es nur deswegen tat. In Wirklichkeit machte es mir ungeheuren Spaß, ihn zu verfassen und mich in die Stimmung für einen Liebesbrief zu schaukeln. Wie ein Teenager, jung, hübsch, voller Hoffnungen und Erlebniserwartungen. Ich zog durch Schreibwarengeschäfte und kaufte ein Briefpapier mit rosa und roten Herzchen auf graumeliertem Papier. Teures Briefpapier. Diese Kosten sollten Ron auf keinen Fall erstatten, es war mein persönliches Vergnügen.

Mit einer Flasche Eierlikör bewaffnet setzte ich mich zwei Abende später an meinen Schreibtisch und begann zu formulieren. Kyles romantische Musik lief im Hintergrund. Nach mehreren Anläufen war ich halbwegs zufrieden:

Dear Kyle,
thank you for the wonderful evening in New York. You are
great. I know now I sound like a teenager in love.
Unfortunately, I still feel like a teenager falling
in love with you. I can imagine that you are very busy. But
at the weekend in a month (10.07.-12.07.09) I will be in
New York again. Would it be possible to meet you again
there?
Looking forward hearing from you soon.
Your Mara

Lieber Kyle,

ich danke dir für den wundervollen Abend in New York. Du

bist großartig. Ich weiß, ich klinge jetzt wie ein Teenager,

der sich verliebt hat. Leider fühle ich mich auch genauso.

Ich kann mir vorstellen, dass du sehr beschäftigt bist.

Aber am Wochenende in einem Monat (10.07.-12.07.09)

werde ich wieder in New York sein. Wäre es vielleicht

möglich, dich dort wieder zu treffen?

Ich freue mich darauf, bald von dir zu hören,

Deine Mara

Am nächsten Morgen schickte ich den Brief gleich per Airmail los. Eine Woche später rief mich Ron während der Arbeitszeit auf meinem Handy an.

„Hi, Mara!"

„Hi, Ron! Was ist los?"

„Bist du allein?"

„Nein, ich bin im Büro!", antwortete ich kurz in Englisch. Meine zwei Arbeitskolleginnen und der einzig männliche Mitarbeiter im Raum schauten neugierig herüber. Ich galt als recht ruhig, war ich doch in den vorherigen

Monaten sehr mit dem Tod meines Vaters und den Nacharbeiten beschäftigt gewesen. Meine Mutter fühlte sich mit der Flut der Um-, An- und Abmeldungen nach dem Tod meines Vaters und ihrem Ehemann völlig überfordert, so auch mit der plötzlich fälligen Steuererklärung für das Vorjahr. Sie revanchierte sich jedoch jetzt mehr als genug, indem sie meine Tochter wortlos während meines großen Abenteuers mit Kyle betreute und kein Wort der Warnung oder des Unverständnisses darüber verlauten ließ.

Im Grunde war ich sehr stolz, ein spannendes Geheimnis zu haben. Plötzlich war ich wichtig, hatte offensichtlich private Kontakte nach den USA, war nicht mehr nur das graue Mäuschen. Sie würden schon noch erfahren, was es mit diesen Kontakten auf sich hatte. Bald würde auch in Deutschland eine Meldung über Kyle und seiner neuen deutschen „Freundin" ankommen, wenn unser Projekt werbewirksam wäre. Aber auch ich würde dann Probleme zu spüren bekommen, an die ich noch nicht denken wollte.

Inzwischen mochte ich Rons befehlende Stimme sogar ein wenig. Sie gab mir Sicherheit und das Gefühl, sich ohne Bedenken in Rons Hände begeben zu können.

„Gut, Mara, dann höre besser nur zu und antworte nur mit ‚Ja' oder ‚Nein'!"

„Ja!"

„Der Brief kam an. Ich habe ihn entsprechend an die Presse weitergeleitet!"

„Ja!"

„Er wirkte zwar nicht so ganz überzeugend…!"

„Nein?"

„…aber es reichte dieses Mal. Oder bist du etwa schon abgekühlt nach dem ersten Treffen mit Kyle?" Rons Stimme nahm einen sarkastischen Ton an.

„Nein, nein!"

„Ein einziges „Nein" hätte auch genügt! Also, bis zum 10. Juli!"

„Yes, Ron! Bye!"

Ich schaute mich im Büro um, nachdem ich mein Handy zusammengeklappt hatte. Alles starrte mich an.

„Privat!", sagte ich beiläufig.

„Ach nee, darauf wären wir selbst gar nicht gekommen, wenn jemand auf deinem Privathandy anruft!", entgegnete die recht freche Arbeitskollegin Petra. „Und wer ist Ron?"

„Ein Bekannter in New York!" Die Neugierde meiner Arbeitskolleginnen machte mir Spaß und ließ mich zu einer unbedachten Bemerkung verleiten. „Ich will mich mit einem Promi in New York treffen und weiß leider noch nicht, ob es funktioniert!"

„Du? Mit wem denn?" Der Spott war kaum zu überhören. Hier schien ich tatsächlich nur für eine langweilige Mutter gehalten zu werden.

„Mit Kyle!" Ich nannte ihnen seinen bekannten Künstlernamen.

„Wow, ich kenne seine Lieder von früher. Viel hat man von ihm seit einiger Zeit nicht mehr gehört. Der war früher wahnsinnig attraktiv!"

„Ist er noch immer!", platzte ich wieder unbedacht heraus.

„Wow, Mara! Verliebt in einen Sänger. Bist du dafür nicht schon zu alt?"

„Jawohl Mama!", konterte ich. „Ich finde ihn einfach nur gut."

„So gut, um dich mit ihm treffen zu wollen!",

„Stimmt!", ich schaltete jetzt auf stur. Ich dumme Gans hatte schon zu viel erzählt.

Aber das Thema war damit offensichtlich noch nicht durch.

„Ist der nicht schwul?"

„Das ist nur ein Gerücht!" Das wollte ich nicht hören und erst gar nicht darüber nachdenken. Ich wand mich wieder meinen zu buchenden Kontoauszügen zu. Die Arbeit als Buchhalterin war mein Wunschberuf. Dabei konnte ich richtig abschalten und meine Vorfreude und Nervosität zeitweise vergessen. Dennoch empfand ich meine Arbeit seit einiger Zeit als stupide und wünschte mir mehr Abwechslung.

Meine beiden Kolleginnen hörte ich noch im Hintergrund tuscheln. Als ich nach einer Weile zu ihnen herüberschaute, fixierten sie mich und schüttelten den Kopf. Super! Jetzt hielten sie mich auch für pubertär zurückgeblieben.

Na ja, vielleicht war da auch etwas dran. Seit dieser recht unüberlegten Vorankündigung von mir, behandelten mich meine Zimmerkollegen sehr herablassend. Auf was hatte ich mich da bloß eingelassen?

Ich wollte nicht darüber nachdenken, wie es nach dem Auslaufen des Vertrages mit Kyle für mich weitergehen sollte. Aber erst einmal stand mir das nächste Abenteuer am 10.07.

bevor. Ich fieberte dem Datum ungeduldig entgegen.

Im Flugzeug von Düsseldorf zum John F. Kennedy International Flughafen wurde mir vor Aufregung schlecht. Ich war meinem langweiligen Leben wieder für etwas mehr als ein Wochenende entwischt. Nur, wenn ich an meine Tochter dachte, beschlich mich ein trauriges Gefühl. Wie gerne hätte ich ihr das alles auch gezeigt, hätte sie bei mir gehabt. Ich wusste, dass sie sich für mich freute, aber ich vermisste sie sehr.

Kaum war ich am Flughafen angekommen, klingelte schon mein Handy. Es zeigte Rons Nummer an.

„Ja, Ron?"

„Planänderung! Laut der Anzeigentafel hier im Flughafengebäude ist dein Flugzeug gerade gelandet. Mach dich bitte kurz frisch und komme dann heraus. Die Reporter sind schon hier im Flughafen!"

„Wow, die wollen die arme Deutsche sehen, die ihr letztes Geld für ein Ticket nach New York zu Kyle ausgibt!", schlussfolgerte ich sarkastisch.

Ron lachte auf. „So in etwa. Kyle ist natürlich auch hier und gibt schon eifrig Autogramme."

Seine Stimme war belustigt und ich schlussfolgerte daraus, dass alles nach seinem Plan zu laufen schien.

„Alles Fans von Kyle?"

„Genau und von eurer Geschichte!"

„Soll ich mich auch noch schminken?"

Ron lachte wieder: „Kann nicht schaden!"

„Herzlichen Dank, Ron!"

„Empfindlich, Mara? Vor Kameras wirkt man ohne Schminke oft sehr blass – ein Insidertip!"

„Bis gleich, Ron!"

Vor einer guten Stunde war ich noch in meinem alten Leben gewesen.

Ich hastete ins Flughafen-WC. Mit zitternden Fingern wusch ich mein heißes Gesicht, schminkte es anschließend und kämmte meine langen, braunen Haare. Ich entschloss mich, sie offen zu lassen. So schnell bekam ich keine kamerataugliche Hochsteckfrisur hin.

„Verdammt!", entfuhr es mir. Meine Mutter hatte doch Recht gehabt mit ihrem Ratschlag, ich sollte mich mehr um mein Äußeres kümmern. Ich lief nervös zum Fließband und holte meinen kleinen Koffer ab.

Für mein Outfit sei gesorgt, hatte Ron mir in seinem Brief versprochen. Der Schlingel! Ich trug jetzt nur eine billige, praktische Sportjacke, Jeans und einen einfachen Pulli. Er wollte wohl vermeiden, dass ich mich aufstylte, daher diese angebliche Überraschungsaktion. Ron! Ein Vater, der seine Kinder kannte und sie geschickt dahin lenkte, wo er sie haben wollte. Ich lächelte. Erstaunlicherweise vertraute ich ihm dennoch immer mehr, obwohl ich bezweifelte, dass ihm irgendetwas an meinem Wohl lag.

Mutig trat ich jetzt durch die Tür aus dem Sicherheitsbereich heraus. Es war unglaublich! Kyle stand auf einem kleinen Podest, lachte, redete mit den Armen und unterschrieb dauernd Kärtchen und CD-Cover. Er strahlte, er war präsent – er war umwerfend. Blitzlichter, Kameras!

Ich entdeckte ein großes Schild: „Herzlich Willkommen, Mara!" Ich drehte mich unwillkürlich um und suchte die Person, die mit diesem Schild gemeint sein könnte. Ich konnte doch unmöglich gemeint sein!

„Da ist sie!" Ruckartig drehten sich die Kameras in meine Richtung. Ich stand da, wie eine Wachsfigur. Was sollte ich jetzt tun oder sagen? Verdammt, Ron! Wo war mein Drehbuch, mein Souffleur? Was erwartete man jetzt von mir?

Ron kam auf mich zu und raunte mir zu: „Benimm dich einfach nur natürlich!"

Was war an dieser Situation schon „natürlich"? Dennoch nickte ich.

Meine Augen suchten wieder Kyle, während sie von dem hellen Licht der Kameras und der Blitzlichter wieder tränten. Aha, daher trugen die Promis so häufig eine Sonnenbrille.

„Mara!", hörte ich Kyles Stimme. Eine warme, fröhliche Stimme. Ich wankte. Sekunden später drückte mich jemand fest an sich. Ich roch sein Aftershave, ich spürte seinen muskulösen Körper. Kyle! Meine Knie sanken weg.

Kyle ließ mich ein Stück rutschen, damit die Reporter es bemerkten. Dann stützte er mich.

„Hey, bin ich wirklich so umwerfend? Das sollte aber kein regelmäßiges Begrüßungsritual von dir werden!", sagte Kyle so laut zu mir, dass es die umstehenden Leute mitbekamen. Ich hörte Gelächter im Hintergrund. Kyle legte den Arm um mich. Ich schaute fragend in seine braunen, leuchtenden Augen.

„Komm! Ron kümmert sich schon um dein Gepäck!" Seine Augen sprachen mehr als sein Mund. Er biss sich schelmisch auf die Oberlippe. Ich wurde von ihm durch die

Menschenmassen zu einem Rollce Royce geführt. Ich saß mit ihm hinten. Kyle sprach nicht viel. Seine Augen schauten mich gelegentlich fragend und dankbar an.

„Was für eine Überraschung", begann ich das Gespräch.

„Ja, für dich war es das bestimmt!" Kyle grinste mich an. „Ron kennt einige Reporter ziemlich gut und die haben ihm diese Vorgehensweise empfohlen!"

„War ich vorhin gut genug?"

„Super! Es wirkte total echt!", Kyle warf lachend den Kopf zurück.

„Kein Wunder! Es war auch tatsächlich echt!", murmelte ich. Ob Kyle das mitbekommen hatte, wusste ich nicht. Er schaute mich kurz an, reagierte aber nicht.

„Wie geht es nun weiter?" Mir fiel es schwer, mit Kyle Smalltalk zu betreiben. Wäre doch bloß Ron hier!

„Ron wird uns gleich zum Essen in seinem Appartement empfangen. Dann wird er es uns erzählen!"

„Vertraust du ihm denn völlig, Kyle?"

„Ja, er ist fantastisch!"

„Ich weiß! Und anstrengend!", ergänzte ich.

Kyle lachte amüsiert auf und nickte.

Der Rollce Royce hielt bald direkt vor der Tür eines Nobelhotels an und wir konnten geschützt vor Reportern in die Empfangshalle entfliehen.

Kyle nahm mich an die Hand und ich ging wortlos mit ihm mit. Vor einem Appartement im dritten Stock klopfte er. Als hätte Ron schon direkt hinter der Tür gestanden, ging die Hotelzimmertür umgehend auf.

„Mara, sorry!"

Ich löste meine Hand aus der von Kyle und gab Ron einen vertrauten Stups, als ich an ihm vorbei ins Zimmer ging. „Auf Deutsch würde ich jetzt „Schlitzohr" zu dir sagen!"

„Das Wort kenne ich", lachte Kyle. „Aus meinem Deutschunterricht. Aber Ron wird diese Bezeichnung sicher als Kompliment sehen." Er übersetzte es auf Englisch und beide lachten laut auf.

Währendessen konnte ich den großen runden Tisch im Raum bewundern. Er war edel gedeckt und es befanden sich einige dampfende Schüsseln darauf. Ich hatte Hunger!

Wir setzten uns und begannen zu essen.

„So Mara und Kyle!" Ron lehnte sich zurück. wischte sich mit der Serviette den Mund ab und legte sie dann auf seinen Teller.

„Nun wird es ernst!", scherzte Kyle.

„Ja!" Rons Stimme war wieder gewohnt sachlich.

„Mara, dieses Wochenende wirst du mit Kyle verbringen!" Ich strahlte. Ron schaute mich verärgert an.

„Nur beruflich! Und noch etwas: Mara langsam müssen wir an deinem Aussehen etwas ändern!"

Ich nickte erfreut und strahlte noch mehr.

„Das wird eine Herausforderung für dich persönlich, Mara!"

Jetzt strahlte ich nicht mehr.

„Ja, ich weiß. Das Äußere war mir nie so wichtig. Gerade jetzt nach dem mein Vater gestorben ist, dazu bin ich noch Mutter, berufstätig, wenig Zeit, Kind, wenig Geld…", stolperte ich mit den englischen Wörtern heraus, als hätte ich nie etwas von ganzen Sätzen gehört.

„Schon gut! Du kannst aufhören zu stottern", Ron schien genervt.

„Susan kann dich schminken, dich gut kleiden, frisieren. Aber na ja, viel dünner kann auch sie dich nicht machen."

„Oh!" Ich schaute peinlich berührt zu Kyle herüber.

„Mara!", mischte sich Kyle notgedrungen ein. „Ich weiß, dass es schwer ist, aber…!"

„Okay, ihr habt ja Recht und ich will auch schon lange abnehmen!"

„Das ist gut!", Ron machte einen Haken irgendwo in seinem Notizbuch, das vor ihm zwischen der Suppenterrine und dem Essteller lag.

„Maras Übergewicht: abgehakt!", konnte ich mir nicht verkneifen. Ich war wütend auf ihn. Ich wollte kein Thema sein, das man einfach nur abhakte.

Lauthals lachend warf Kyle den Kopf zurück. Er schüttete dabei fast sein Wasserglas aus, aus dem er gerade trinken wollte.

„Du bist gut, Mara! Tja, Ron. Für Ladies bist du ein offenes Buch!" Kyles Augen lachten noch immer.

„Kyle, du meinst wohl eher: für Ladies bin ich zum Abhaken!", ergänzte Ron schmunzelnd, wobei Kyle wieder in Lachen ausbrach. Genau so hatte ich ihn oft in Interviews gesehen: fröhlich, ausgelassen, mitreißend, obwohl er dabei niemals kindisch wirkte. Seine braunen Augen waren zu ernst dafür, zu gefühlvoll, zu wissend. Und ich war viel zu verliebt, um in Kyle überhaupt etwas Negatives erkennen zu können.

Als Kyle sich etwas beruhigt hatte, klappte Ron das Notizbuch zusammen.

„Okay, Mara!" Ron kramte in seiner Aktentasche und holte ein paar DINA4-Zettel heraus.

„Dies sind Informationen über deine Diät! Halt dich daran, dann nimmst du sehr gut ab. Das sind Erfahrungswerte von anderen Sängerinnen, die auch nicht mehr ganz so jung sind."

Kyle lachte schon wieder auf. „Ron ist charmant, wie immer!"

Ron schaute Kyle jetzt leicht verärgert an.

„Komm schon, Ron. Mara soll sich doch bei uns wohl fühlen. Schließlich wird sie bald meine Freundin werden!" Kyle zwinkerte mir zu.

„Ja!", brummte Ron.

„Okay, ich werde mich daran halten!", beendete ich das Geplänkel. „Egal, welchen Fraß ich auch zu mir nehmen muss!"

„Gut!", Ron strich mir kurz über den Kopf, wie man es mit einem braven Hund tut. Wenigstens hatte er mich diesmal nicht wieder in seinem Terminbuch abgehakt.

Ron hatte so einiges für diese drei Tage geplant. An diesem Abend sollte ich mit Kyle ins Theater, am nächsten Tag eine

Bootsrundfahrt auf dem Hudson River unternehmen und am Sonntag vor meinem Rückflug noch ein Mittagessen mit Kyle einnehmen. Diesmal würde ich von Susan gestylt werden. Ich freute mich, dass Kyle mich endlich mal hübscher sehen würde.

Erst einmal war der Abend im Theater mit Kyle zu überstehen. Ich hatte von Susan meine Abendgarderobe erhalten. Sie steckte mein langes Haar fachmännisch hoch und schminkte mich dezent.

Ich war jedoch zu überfordert, um das alles richtig genießen zu können. Zum einen sah Kyle wieder einmal betörend aus und er sprühte vor Charme und Kraft. Er traf vor der Vorstellung und in der Pause im New Yorker Theater überall auf Bekannte, mit denen er sich angeregt unterhielt. Er nahm mich immer mit, legte oft den Arm liebevoll um mich, aber ich fühlte mich fremd. Es war nicht mein Leben und vor allem nicht meine Muttersprache. Das merkte ich immer deutlicher durch nachlassende Konzentration und aufsteigende Kopfschmerzen.

Kyle stellte mich allen seinen Bekannten vor und ich leierte die Variationen der Begrüßungsfloskeln herunter, die ich während eines Englischkonversationskurses im Wirtschaftsstudium gelernt hatte. Ich lächelte zunehmend verkrampfter. Kyle bemerkte meine Überforderung sehr schnell und entschuldigte mich bei anderen professionell, dass ich Deutsche sei und in Englisch nicht so geübt. Dankbar lehnte ich mich kurz an ihn an.

Von der Vorstellung bekam ich inhaltlich kaum noch etwas mit. Als ich unbedachterweise einmal gähnte, ergriff Kyle meine Hand. Als ich ihn anschaute schüttelte er kurz mit dem Kopf, hielt meine Hand aber weiter fest. Ich vermutete, er wollte bei weiteren Verfehlungen meinerseits sofort mit einem Händedruck reagieren können. Überall konnten schließlich Reporter sitzen, die jedes unangepasstes Verhalten von mir mit Wonne kommentieren würden.

Nach dem Theater fröstelte ich völlig übermüdet. Kyle legte mir seine Jacke über, wie die Gentlemen es in alten Filmen immer machten. So verließen wir das Gebäude und stellten uns noch ein paar wenigen Reportern, die wohl von Ron informiert worden waren. Kyle redete munter mit ihnen. Ich dagegen hielt mich sehr zurück. Dennoch waren die Journalisten und Fotografen zufrieden über das nur von Kyle geführte Interview und den

Fotos von ihm und mir mit seiner Jacke über meinen Schultern.

Ein Chauffeur brachte mich bis zu meinem Hotelzimmer und ich fiel todmüde in den Schlaf. Ich wollte eigentlich ein Abenteuer, das ich auch genießen konnte und nicht eines, das mich erschlug.

Am nächsten Morgen holte mich ein lautes Klopfen aus meinem Tiefschlaf.

„Mara! Mach auf! Ich bin's Ron!"

„Ron? Oh Mist! Moment!", rief ich geistesabwesend in Deutsch. Noch im Schlafanzug ohne Schuhe, zerzaust und ungewaschen stürzte ich zur Tür und öffnete sie.

„Sorry! Ich habe vergessen, meinen Wecker zu stellen!" Statt einer Antwort grinste Ron mich verschmitzt an.

„Hey – hättest du Kyle auch so geöffnet? Man merkt, dass dir das Showbusiness noch fremd ist. Stell dir vor, ich wäre ein Reporter!"

„Bitte keinen Ärger am frühen Morgen!", stöhnte ich und zog Ron ins Zimmer.

Unverschämt grinsend zog mir Ron ein paar vergessene Klammern aus dem Haar.

„Ich war gestern sehr müde!", reagierte ich ärgerlich.

„Ich dachte, du liebst Abenteuer? Sie sind nur meistens auch sehr anstrengend."

„Tatsächlich? Habe ich gar nicht bemerkt."

„Komm Mara. Die Bootsfahrt habe ich um zwei Stunden verschoben. Hier ist dein Frühstück." Ron hielt mir eine kleine Plastikdose vor die Nase. Ich öffnete den Deckel ungläubig. In der Dose befand sich ein Pulver.

„Was ist das?"

„Dein Frühstück."

„Du machst Scherze!"

„Keineswegs. Hast du deinen Diätplan nicht angeschaut? Eiweißdrinks, dreimal täglich. Nun ja, morgen auch einen kleinen Salat zum Mittag. Eiweißshakes im Restaurant mit Kyle würden dir wohl nicht gefallen?" Ron zog mich mal wieder auf.

„Egal, gib her! Gibt es wenigsten Kaffee dazu?"

„Ja, auf dem Boot. Aber nicht zu viel, Liebes!"

„Mein Gott, du tust ja, als wären wir beide bald ein Paar." Die Wut auf Rons herablassende Art brachte das Englisch sehr flüssig über meine Lippen.

„Mach dir jetzt deinen Eiweißshake, Mara. Um alles andere kümmere ich mich schon."

Ron war wieder der Geschäftsmann und Manager.

Um zwei Stunden verspätet erschien ich mit Ron am Bootssteg. Kyle wartete schon dort, umringt von Fans, die ihn wohl eher zufällig dort entdeckt hatten. Die Reporter waren über das Verschlafen der Deutschen informiert worden und erschienen auch entsprechend später.

Ich hörte Kyle sagen: „Da kommt einer meine größten Fans aus Deutschland!" Und er kam auf mich zu. Kyle umarmte mich zur Begrüßung. Diesmal waren wir beide kaum geschminkt und ganz lässig mit Regenjacken und Jeans bekleidet. Halt passend für die Bootsfahrt.

Es handelte sich um ein von Ron nur für uns gechartertes kleines Boot. Die Reporter sollten uns absprachegemäß von bestimmten Stellen am Ufer des Hudson Rivers und am Ende, wenn wir von Bord gingen, fotografieren oder filmen können.

„Was bin ich froh über die Ruhe während dieser Fahrt.", sagte ich zu Kyle, als wir auf Außenstühlen gut sichtbar vom Ufer einander zugewandt Platz genommen hatten.

„Ja, ich auch!"

„Du wirkst auch sehr müde, Kyle!"

Er lächelte müde. „Ja, ich habe nicht so tief und lang geschlummert wie du!"

„Dein Leben ist sicher sehr abenteuerlich?", fuhr ich fort. Ich wollte diese Gelegenheit der Zweisamkeit nutzen, um mehr über ihn zu erfahren.

„Oh ja!"

„Und immer so anstrengend?"

„Oft. Ich bin nicht mehr der Jüngste und das Leben als Sänger ist sehr anstrengend. Als ich zwanzig war, war das alles für mich auch nur ein großes Abenteuer. Nun ist es oft sehr anstrengend."

„Ist es das, was du immer wolltest: Sänger werden?"

„Ja. Es ist wie eine Sucht. Wenn du den Glamour, die Parties, die Lichter, den Erfolg kennen gelernt hast, kommst du nicht mehr davon los. Und um diese Sucht befriedigen zu können, musst du immer härter arbeiten je älter du wirst. Wenn ich ein selbstgeschriebenes Lied singe und das Publikum begeistert zuhört, ist dies die schönste Droge für mich. Pure Lebensfreude!" Kyle drehte sich mit glänzenden Augen zu mir um.

„Mara-Liebes. Auch in dir wird vermutlich an Teil dieser Sucht entflammen. Aber du wird zurück in dein bisheriges Leben gehen müssen!"

„Ja, ich befürchte es!"

„Wie ist es in deinem Leben? Ich möchte doch etwas mehr über meine zukünftige Freundin wissen."

„Tja. Irgendwie eintönig und langweilig. Ich liebe eigentlich meinen Beruf, habe auch Wirtschaft studiert. Aber auf Dauer fehlt die Spannung!" Ich wollte nicht über mein Leben reden. Ich wollte noch nicht einmal daran denken.

„Ja, das kann ich mir gut vorstellen!" Kyle lächelte, aber seine braunen Augen blieben ernst. „Ich bin dankbar, dass ein Freund das Finanzielle für mich regelt!" Kyle atmete regelrecht erleichtert auf.

Ein Freund von Kyle? Oder vielleicht sein Freund? Ron? Stimmten die Gerüchte über seine Homosexualität doch? Mein Herz krampfte sich kurz zusammen.

„Hast du einen, äh, eine Freundin?", fragte ich ihn unvermittelt, wagte aber nicht, seine eventuelle Homosexualität direkt anzusprechen.

„Ja, sehr bald! Dich!", Kyle kam auf mich zu. Seine Augen fixierten meine Augen und sein Mund näherte sich. Ich spürte seine Lippen auf meinen, seine Hände hielten meinen Kopf. Ich roch ihn, ich spürte ihn, ich schmeckte ihn. Er ließ mich viel zu schnell wieder los und überrascht entdeckte ich am Ufer die Fotografen. Aha, also leider nur ein Filmkuss.

„Es wäre schön, wenn Ron mich in seine Pläne auch mal einweihen würde!", sagte ich nach einer Weile leicht verärgert. Kyle schaute mich fragend an.

„Ja, wann wir uns wie gegenüber benehmen dürfen." Als Kyle noch immer nicht antwortete, erklärte ich mich noch einmal. „Ich wüsste gerne, wann unsere Freundschaft welche Fortschritte machen soll. So wie dein Kuss vorhin."

„War es nicht OK für dich?", fragte Kyle jetzt vorsichtig.

„Doch, aber ich wusste nicht, dass so etwas geplant war."

„War es auch nicht so direkt!"

Ja toll! Das brachte mich jetzt sehr viel weiter. Ich war genauso durcheinander wie vorher auch.

„Du hast eine Tochter?", wechselte nun Kyle das Thema.

„Ja, ich liebe sie sehr!"

„Mehr als mich?" Kyle zwinkerte mir zu und machte einen verschmitzten Gesichtsausdruck.

„Ja, natürlich!" Da war nur ehrlich. Zudem war ich wütend über Rons und Kyles Geheimnistuerei in unserem gemeinsamen Projekt. Eine längere Gesprächspause entstand.

„Du warst der Schwarm vieler Mädchen früher!", wollte ich meine harsche Art nach einer Weile wieder ein wenig gut machen.

Kyle lachte auf. „Auch deiner?"

„Leider nicht. Ich habe mich damals nicht so für Musik interessiert und…!" Ich stockte.

„Ja?"

„Ich finde dich jetzt viel attraktiver!"

„Danke!", er wurde ernst. Er mochte keine Komplimente. Das hatte ich schon an unserem ersten Tag bemerkt. Vermutlich wurde er damit in der Vergangenheit schon genug überschüttet.

Daher fügte ich hinzu: „Das meine ich wirklich ernst!" Ich schaute ihn an.

„Heute singst du frecher, nicht mehr so emotional. Du wirkst selbstsicherer. Deine Augen sind wesentlich wärmer und noch sprechender. Ja, klar, du hast sichtbarere

Falten...!" Kyle lachte auf und knautschte übermütig sein Gesicht.

Ich bewunderte mal wieder seinen unglaublichen Humor, mit dem er seine sichtbaren Zeichen des Alterns hinnahm. Dennoch fuhr ich unbeirrt fort mit meiner Schwärmerei, die ich jetzt endlich einmal loswerden konnte: „...aber die Falten verleihen deinem Gesicht genau das, was du als junger Mann noch nicht so ausgeprägt hattest: Charakter, Stärke, Persönlichkeit, Ernsthaftigkeit. Deine Stimme ist nach wie vor umwerfend und deine Figur auch!" Dabei schaute ich auf meinen Bauch, der sich noch deutlicher unter der engen Regenjacke abbildete. Kyle legte seine Hand auf diese sichtbare Wölbung meines Bauches.

„Du bist eine Frau, die mich offensichtlich wirklich verehrt. Was will ich mehr? Da kommt es auf ein paar weibliche Kilos mehr oder weniger nicht an." Ich schob unsicher seine Hand weg. Es war mir unangenehm.

„Nur", Kyle wurde jetzt ernst. „mir ist mein beruflicher Erfolg extrem wichtig. Dafür habe ich schon immer gelebt und gekämpft. Ich rechne es dir sehr hoch an, dass du bereits bist, mir dabei zu helfen. Allerdings befürchte ich, dass du aus unserer Vereinbarung mehr Nach- als Vorteile ziehen wirst."

Kyle hatte wieder mit seinem ganzen Körper gesprochen: seinen Händen, seinen Augen, seiner Mimik. Auf den Inhalt hatte ich deshalb kaum geachtet. Ich war fasziniert. Daher fuhr ich ungeachtet seiner versteckten Warnung fort. „Dein Temperament ist mitreißend!"

„Mara – ja für mein mitreißendes Temperament bin ich bekannt. Aber vieles andere ist Show, Schminke, Computertechnik. Und das wichtigste: harte Arbeit, gutes schauspielerisches Talent und Glück!"

Ich wollte erwidern, dass ich ihn jetzt doch vor mir sehe ohne all das. Und er immer noch umwerfend wäre. Allerdings war ich auch verärgert über seine Antwort. Wieder spürte ich, dass man mich als naiv und kindisch einschätzte. Das ärgerte mich sehr. Noch mehr ärgerte mich, dass er nicht so ganz Unrecht hatte. Besonders wütend machte mich jedoch, dass ich mich zu so einer selbst-erniedrigenden laut ausgesprochenen Schwärmerei hatte hinreißen lassen. Ich schämte mich sehr und schwor mir, mich zukünftig erheblich mehr zurückzuhalten.

Auf dem Rest der Fahrt erzählte mir Kyle viel von seinen jetzigen Album-Projekten und

Auftritten. Wenn Fotografen sichtbar wurden, rückten wir näher aneinander, hielten Händchen oder er legte seinen Arm um mich. Alles nur Show oder doch nicht?

Am späten Nachmittag wurde ich von Ron wieder bis zur Hotelzimmertür gebracht.

„Mara, denke daran. Du wirst für Reporter und Paparazzi langsam interessant. Bitte vergiss das nicht, wenn du das Hotelzimmer verlassen oder öffnen willst!"

„Ja, Sir!"

„Müde, was?"

„Ja sehr, Sir!" Ron grinste. „Das mit dem „Sir" gefällt mir! Schlaf gut, Mara. Und stelle heute deinen Wecker!"

„Gute Nacht, Ron!"

Ich legte mich sofort ins Bett – die Schifffahrt und das Gespräch mit Kyle und nicht zuletzt die Eiweißdiät hatten mich emotional und körperlich stark ermüden lassen.

Am nächsten Tag duschte ich gerade, als es an der Tür klopfte.

„Einen Moment!" Nachdem ich schnell einen Bademantel übergeworfen hatte, schaute ich erst noch durch den Türspion. Ron! Ich öffnete ihm.

„Jeden Tag hast du weniger an, wenn du mir aufmachst!", scherzte Ron anzüglich.

„Jeden Morgen kommst du auch in ungünstigeren Momenten!"

Ron hielt mir das Döschen mit dem Eiweißpulver vor die Augen.

„Ach ja – mein Frühstück!"

„Ja, ich gebe dir gleich noch weiteres Pulver für zehn Mahlzeiten mit. In deinen Diät-Unterlagen kannst du lesen, wie du dieses Diätpulver in Deutschland besorgen kannst. Du hast aber vermutlich noch nicht einmal in die Unterlagen geschaut, nicht wahr?"

„Warum sollte ich? Du bist hier doch der Organisator!"

„Aber nicht in Deutschland!

„Schon gut – danke!", fügte ich brav hinzu. Ron setzte sich auf mein Bett.

„Ich wollte eigentlich duschen!"

„Was findest du eigentlich so toll an Kyle?" Rons Mimik war erstaunlich ernst.

„Gerade du müsstest das doch am ehesten wissen. Du vermarktest ihn doch…!"

„Nein, Kyle ist sehr engagiert und kümmert sich im Allgemeinen selbst um seine Auftritte."

„Was machst du dann überhaupt für Kyle?"

„Den Überblick behalten und unterstützend eingreifen, Kyle lästige Arbeit abnehmen. Zudem organisiere ich seine Freundinnen!"

„Mehrere Freundinnen?"

„Eifersüchtig, Mara?", foppte mich Ron.

„Ja!"

Ron wurde ernst. „Mara, eure Freundschaft ist reine Show!"

„Weiß ich!"

„Du steckst zu viele Gefühle in Kyle!"

„Eifersüchtig?", konterte jetzt ich.

„Ja!"

Erschrocken schaute ich Ron an. Wollte er mich etwa wieder foppen. Er war ernst! Ron stand auf, drehte sich vor der Tür nochmals kurz zu mir um und sagt: „Ach ja, bei ungebetenem Männerbesuch solltest du demnächst darauf achten, dass der Bademantel nicht verrutscht!" Er grinste frech und ging.

Ich sah hektisch an mir herunter. Meine rechte Brust lag frei. Dieser Mistkerl! Ihm machte es ungeheuer Spaß, mich herunter zu machen. Daher wohl auch die Antwort, er sei eifersüchtig. Er wollte mich lächerlich machen und nahm mich überhaupt nicht ernst in meiner Liebe zu Kyle. Ein Abenteuer hatte ich mir definitiv leichter vorgestellt.

Als Ron gegangen war, stellte ich mich nochmals unter die Dusche. Diesmal mit kaltem Wasser. Ich brauchte einen kühlen Kopf bei dem arroganten Ron und vor allem im Umgang mit Kyle.

Zwei Stunden später holte mich Ron mit seinem Auto ab. Kyle war natürlich nicht dabei.

„Wo ist Kyle?"

„Noch im Studio. Er kommt nachher zum Essen zu dir!"

„Komisch. In Deutschland holt der Mann zum Date seine Verabredung immer selbst ab." Ich fühlte mich abgeschoben.

„Mein Gott, Mara. Du wirst noch etwas aufgestylt und siehst ihn ja dann!"

Ich sagte nichts mehr. Ron verstand mich nicht. Für ihn war das alles nur ein Geschäft und ich war ein Vertragsgegenstand, den man so manipulieren musste, dass das Ziel des Projektes auch erreicht wurde. Ausführliche Informationen waren auch unnötig, der Vertragsgegenstand wurde schon dahin verfrachtet, wo er wann und wie sein musste.

Ron brachte mich in sein Appartement. Dort wartete Susan auf mich. Sie gab mir ein flottes

Kostüm in meiner Größe, schminkte mich dezent und steckte meine langen, braunen Haare sehr weiblich hoch. Ich strahlte den Spiegel an.

„Du siehst gut aus, Mara. Die Fotografen haben auch lieber hübschere Frauen auf ihren Bildern!" Ron musterte mich.

„Ron!", tadelte ich. Er ging hämisch lachend an mir vorbei.

Das Mittagessen mit Kyle war sehr steif. Er schien in Gedanken noch bei seinem neuen Album zu sein, verständlicherweise. Ich bekam einen kleinen gemischten Salat ohne Dressing, Kyle aß nur eine Gemüsesuppe. Auch er achtete sehr genau auf seine Figur.

Als wir gerade mit dem Essen begonnen hatten, erschienen die Fotografen und Reporter. Kyle legte sofort seine Hand auf meine.

Mir wurde die erste Frage gestellt. „Frau Fortein, wie ist der Sänger Kyle denn so zu Ihnen?"

„Einfach fantastisch, aufmerksam, großzügig. Es kommt mir vor, als wäre ich in einem Traum. Er ist absolut natürlich, genauso wie man ihn aus den Interviews kennt!" Ich konnte es nicht vermeiden, zu Ron herüberzuschauen. Ich wollte wissen, ob meine Aussage in Ordnung war. Er nickte leicht. Wir wurden beim Essen fotografiert.

„Kyle, werden Sie Ihren vielleicht größten deutschen Fan noch einmal privat treffen?"

„Ich bin zurzeit zwar sehr beschäftigt mit meinem neuen Album „Kyle for Fans", aber für so reizende Fans werde ich mir immer Zeit nehmen." Es erschien mir wie eine Standardantwort, die jeder Prominente zu jedem Zeitpunkt gegeben hätte.

„Kyle, ist Frau Fortein Ihre neue Freundin?"

„Kein Kommentar!", Kyle lächelte viel- und auch wieder nichtssagend in die Kamera. Ich hatte begriffen.

„Frau Fortein! Hoffen Sie, mit Kyle zusammenzukommen?"

„Ich bewundere ihn wirklich sehr. Mehr kann ich zu diesem Zeitpunkt noch nicht sagen!" Ich schaute direkt in die Kamera und versuchte, einen verunsicherten Eindruck zu machen. Hatte ich schon zu viel gesagt? Nein, Ron lächelte und nickte deutlich.

Die Reporter und Fotografen waren so schnell weg, wie sie gekommen waren. Ron setzte sich zu uns und Kyle erzählte viel von den Studioarbeiten. Ich fand es sehr interessant und hing förmlich an seinen Lippen. Kyle erzählte mit so einem Temperament und Witz, dass ich mir die geschilderten Szenen aus dem Studio bildhaft vorstellen konnte. Was für ein Mann!

„So, Mara. Ich bringe dich jetzt zum Flughafen!", riss mich Ron aus meiner Begeisterung.

„Ja danke, Ron!"

Zum Abschied drückte mich Kyle noch. Das war es also erst einmal wieder mit meinem Liebesabenteuer!

Ron begleitete mich bis zum Check-In. Auch er drückte mich zum Abschied - vielleicht ein wenig zu lange für meine Begriffe.

„Ich schicke dir die Zeitungsausschnitte, auf denen du zu sehen bist!", versprach er mir.

„Die habe ich ganz vergessen!", stellte ich erstaunt fest.

„Das habe ich gemerkt. Ein richtiger Star würde so etwas niemals vergessen! Einen guten Flug, Mara!"

„Danke! Bye!"

Ich passte tatsächlich nicht in diese Traumwelt. Ich fühlte mich wie ein Kleinkind, das in dem Showbusiness lernt, zu laufen. Und Ron war nicht der feinfühligste Vater, der mir das Laufen zeigte und ich nun ganz und gar nicht die geborene Schauspielerin. Zudem schwächte mich die heiße Liebe und das Verlangen nach Kyle. Es machte mich emotional und schwach. Jedoch so richtig wohl fühlte ich mich auch in meiner gewohnten Umgebung in Deutschland nicht mehr. Als ich in Düsseldorf landete, zog es mich bereits wieder nach New York zurück. Und mindestens gleichermaßen zu meiner Tochter. Ich fühlte mich zerrissen. Ich war nirgendwo mehr so richtig zu Hause und in ‚meiner' Welt. Ich wollte dennoch nicht daran denken, dass ich irgendwann am Ende des Vertrages nicht mehr zu Kyle zurückkehren würde. Wer weiß, was sich bis dahin wäre!

Ron hielt Wort. Die Zeitungsannoncen kamen einige Tage später bei mir an. Es lief genauso, wie Ron es so akribisch geplant hatte. Headlines, wie „Kyles Date wird immer attraktiver" und „Kyles neue Freundin?" bewiesen, dass uns unser Schauspiel von der Presse und dem Publikum abgekauft wurde. Die Fotos waren sehr gut. Nahezu auf jedem Bild sahen wir wie ein turtelndes Pärchen aus. Ich verstand nur nicht, warum solche Bilder und Berichte Fans anlocken sollten. Vielleicht reichte es aus, dass Kyle jetzt dauernd in der

Presse und auch das Gerücht um seine Homosexualität endgültig widerlegt war. War es das wirklich?

Es stand glücklicherweise nach wie vor nichts in der deutschen Presse. Ein Musik-Fernsehsender hatte bei einer Oldie-Show erwähnt, dass es so schiene, als sei Kyle mit einem deutschen Fan befreundet, erzählte mir meine Tochter. Sie schaute sich sehr häufig den Musiksender an, wie auch andere Mädchen in ihrem Alter. Das waren aber derzeit auch alle diesbezüglichen Pominews in Deutschland über Kyle und mich.

Dafür wurde ich im Büro gelöchert.

„Na – wie war das Wochenende mit Kyle?", das war meine Arbeitskollegin Karin.

„Mara hat sich heute richtig aufgedonnert. Du musstest dich wieder aufbauen nach dem enttäuschenden Wochenende mit deinem Star?" Auch Petra konnte es nicht abwarten, von mir eine negative Nachricht zu hören. Beide Anfragen wirkten höhnisch.

„Ich habe mir Schminke- und Styling Tipps von Kyles Stylingexpertin geholt", versuchte ich abzulenken. Sehr geschäftig drückte ich meinen Computer an.

„Du bist aber heftig verknallt.", stichelte Petra. Sie war selbst sehr auf das Äußere fixiert und definierte sich dadurch, wie sie bei Männern ankam. Entsprechend herablassend benahm sie sich oft mir gegenüber, da ich bisher mein Aussehen meistens vernachlässigt hatte.

Ich antwortete ihr nicht. Was sollte ich auch sagen? Ich musste meine Worte abwägen, um nichts von Rons Plan zu verraten.

„Hast du Kyle überhaupt getroffen?", bohrte Karin weiter. Beide Mitarbeiterinnen standen nun an meinem Schreibtisch. Mein Arbeitskollege Robin schaute zwar ebenfalls interessiert herüber, aber bedrängte mich wenigstens nicht.

„Ja!"

„Wow. Was habt ihr denn gemacht?" Karin schien sehr erstaunt.

„Bootsfahrt, ins Theater gegangen und zusammen Mittag gegessen."

„Ja, sehr lustig! Sag mal ehrlich: habt ihr überhaupt miteinander gesprochen?"

„Ja, recht viel. Während der Bootsfahrt und beim Essen. Im Theater ging das nicht so gut." Langsam machte mir die Sache Spaß. Natürlich glaubte mir keiner. Das sah man deutlich aus ihren Gesichtern.

„Ach, Mara! Ich wusste es gleich, er hat sich mit dir natürlich nicht getroffen! Er ist ein sehr bekannter und attraktiver Sänger. Warum sollte er sich ausgerechnet mit dir treffen?" Arrogant und zufrieden wandte sich Petra ab.

Karin und Robin lachten auf und nickten ihr zustimmend zu.

„Ich habe auch Kyles Manager kennengelernt. Er würde gut zu dir passen, Petra!" Hoffentlich hatte ich nicht zu viel gesagt, aber es rutschte mir einfach heraus.

„Wieso?" Nun war Petra doch neugierig geworden

„Er macht gerne andere Leute runter!"

Petra schnappte nach Luft.

„Mara, was ist bloß los? Du warst doch sonst immer so ruhig. Und jetzt schießt du ganz schön scharf." Karin staunte.

„Ja, das letzte Jahr war nicht leicht für mich! Daher habe ich mich ziemlich zurückgezogen.", gab ich zu. „Die nächsten Tage bringe ich Zeitungsausschnitte von meinem Date mit Kyle in New York mit"

Als ich sie Karin und Petra zeigte, machten sie große Augen.

„Wow, Mara! Ich küsst euch sogar auf dem Schiff!" Karin war ungeheuer beeindruckt.

„Verliebt wie ein Teenager und benimmt sich auch so. Was sagt denn deine Tochter dazu?", Petra schüttelte den Kopf über die Fotos. Teilweise konnte ich sie verstehen. Vor ein paar Monaten hätte ich an ihrer Stelle sicher genauso gedacht. Wenn diese Nachrichten in Deutschland erst bekannt werden, würde es sicher noch schlimmer mit den Kritiken.

„Meine Tochter freut sich darüber, dass ich etwas Abenteuerliches erlebe!"

Robin wandte sich kopfschüttelnd ab. Die Zeitungsartikel wurden leider auch an meinen Chef weitergegeben. Dies war wohl meine Feuertaufe. Die Meinung meines Vorgesetzten war mir wichtig. Er rief mich in sein Büro.

„Tja, Frau Fortein. Es ist ihr Privatleben!" Ich lief rot an. Eigentlich war es mein Zweitjob, eine vertraglich gebundene Dienstleistung: Schauspielern. Aber ich nickte nur.

„Ich hoffe nicht, dass ihre Arbeitsleistung darunter leiden wird. Ich kenne Sie jedoch nur als sehr verantwortungsvoll und zuverlässig, also wünsche ich Ihnen viel Glück mit Kyle!"

„Vermutlich ist es auch nur ein kurzfristiger Kontakt", rutschte mir heraus. Mist! Ich musste vorsichtiger sein mit dem, was ich sagte.

„Wie auch immer." Er gab mir den Zeitungsbericht wieder. „Jetzt können Sie sicher fließend Englisch?"

Ich lachte erleichtert. „Jedenfalls habe ich am Wochenende in New York eifrig geübt!"

„Ja und Sie sind auch ein wenig verändert!"

„Müde!"

„Nein, aufgeschlossener. Das letzte Jahr mit der Krankheit und dem Tod Ihres Vaters war ziemlich hart für Sie. Vielleicht brauchen Sie mal eine Aufmunterung ganz anderer Art!" So kannte ich meinen Chef. Er schien einer der wenigen zu sein, die meine Beweggründe ein wenig verstanden. Ich konnte noch immer nicht begreifen, dass er nicht verheiratet war. Viele Frauen mussten sich doch um diesen attraktiven, gutverdienenden und auch mitfühlenden Mann reißen.

„Danke!" Ich strahlte ihn an.

Von meinen Arbeitskollegen im Büro wurde ich seitdem behandelt, als sei ich eine Fremde. Damit konnte ich leben. Mein Chef war normal zu mir und meine Mitkollegen hatte ich noch nie so besonders ernst genommen.

Nach endlosen sechs Wochen meldete sich Ron telefonisch wieder bei mir. Es war später

Nachmittag und ich hatte gerade mein Geschirr gewaschen. Ich griff nach meinem Handy und es rutschte mir aus meinen noch nassen und durch die Spülmittelreste glitschigen Hände auf den Pegulanfußboden. Hoffentlich funktionierte es noch! Ich nahm es hektisch hoch und öffnete die Klappe des Handys.

„Hi Mara. Ich bin's Ron!"

„Kann sich nicht auch mal mein zukünftiger Freund Kyle bei mir melden?", knurrte ich noch immer außer Atem.

„Was für eine nette Begrüßung!", Rons Stimme blieb kalt und geschäftlich. „Kyle ist im Tonstudio. Er arbeitet viel und hart für seinen beruflichen Erfolg, wie du vielleicht schon gemerkt hast. Zudem stehen einige Konzerte an!"

„Ja, ich weiß!"

„Gut! Am 09. September veranstaltet Kyle ein Konzert in Frankfurt!"

„Soll ich dorthin kommen?", fragte ich erwartungsvoll.

„Ja! Aber Du weißt, dass Kyle auch noch andere Fans als dich hat? Für sie machen wir schließlich unsere Show!"

„Schon klar, Ron!"

„Deine Tochter ist doch inzwischen 14?"

„Ja?"

„Bringe sie doch mit! Falls es möglich ist. Denn das Konzert findet leider mitten in der Woche statt!"

„Das ist nicht ideal, wird aber gehen!"

„Wie viel weiß sie, Mara?"

Ich schluckte. „Alles! Aber sie ist absolut verschwiegen!"

„Gut!" Ich war überrascht. Ron akzeptierte es kommentarlos, dass sein Erfolg auch auf die Verschwiegenheit einer Vierzehnjährigen aufgebaut war? Das hätte ich nicht gedacht.

„Willst du in dem Hotel übernachten, indem auch wir ein Zimmer haben oder suchst du dir lieber selbst eins?"

„Ein Zimmer in eurem Hotel wäre in Ordnung, wenn du nicht wieder zu unmöglichen Zeiten bei mir auftauchst!"

„Keine Sorge, nach deinem letzten offenherzigen Auftritt bin ich lieber vorsichtig!"

Er schaffte es immer wieder, mich herunterzumachen. Ich kochte vor Wut.

„Du kannst wohl mit so einer Situation nicht mehr umgehen, seit du mit Kyle arbeitest und er dir alle Frauen abwirbt!"

Ron lachte laut auf.

„Wie schön, dass dir bewusst ist, dass es auch noch andere Frauen für Kyle gibt. Dann gibt es ja keine Probleme mit seinen weiblichen Fans!"

Ich entgegnete nichts mehr.

„Ach, Mara! Was macht dein Gewicht?"

„Hast du Angst, dass dein Plan nicht funktioniert und ich nicht mehr mitspiele?"

Diesmal ging Ron nicht darauf ein.

„Funktioniert es mit dem Eiweißpulver? Oder ist es sehr schwer für dich?"

„Ich habe schon fast zehn Kilogramm abgenommen!", entgegnete ich kurz. Ja, es war schwer, aber das wollte ich Ron nicht sagen. Ich wollte mich nicht wieder schwach vor Ron zeigen.

„Super! Die Konzertkarten und die Hotelreservierungsbestätigung schicke ich dir noch. Die Kosten für die Fahrt erstatte ich dir dann in Frankfurt! Um dein Outfit kümmern wir uns auch. Benachrichtige mich bitte eine Woche vor dem Konzert über deine aktuelle Kleidergröße. Dein Styling übernimmt wieder Susan vor dem Konzert. Deine Tochter wird so etwas wohl in ihrem Alter nicht brauchen. Natürlich nimmt ihr beide auch an der Aftershow-Party teil. Hast du alles verstanden?"

„Jawohl, Sir!"

„Es ist gut, dass du deine Tochter mitnimmst. Aftershow-Parties können für Leute, die fremd sind, ziemlich langweilig werden. Kyle kümmert sich dort sehr um Kontakte und wird wenig Zeit für dich haben!"

„Keine Sorge, Ron. Auch ich habe inzwischen begriffen, dass Kyle immer sehr beschäftigt ist und sich um seine weiblichen Fans kümmern muss!"

„Sehr gut! Bis bald dann, Mara!"

„Bye, Ron!"

Ich haute mein Handy auf den Küchentisch. Mistkerl! Er stand irgendwie immer zwischen Kyle und mir. Und er schien Kyle von mir fernhalten zu wollen. Ob er doch in Kyle verliebt war? Ich dachte wieder an die Gerüchte, dass Kyle schwul sei. Aber ausgerechnet der unterkühlte Ron sollte mit dem feinfühligen und temperamentvollen Kyle zusammen sein. Unmöglich! Solch einen kalten Typen würde Kyle gar nicht aushalten. Aber ich würde Ron im Auge behalten. Schade, ich hatte mich bisher gut betreut, geradezu beschützt von Ron gefühlt. Ich hatte sogar begonnen, ihn zu mögen. Nun war er immer mehr mein Konkurrent um Kyle geworden.

09. September – Konzert von Kyle! Ich fieberte diesem Termin entgegen. Ich freute mich auf seine Musik, die Stimmung, die Lichter und die gemeinsame Unternehmung mit meiner Tochter, die meine beste Freundin war. Sie fand es toll, dass ihre sonst sehr ernsthafte Mutter mal verliebt und überdreht war. Dadurch erzählte sie mir noch viel mehr von sich, was uns noch näher verband.

Wie sollte es anders sein, Ron schickte mir wie besprochen alles ordnungsgemäß und fast steril verpackt in den nächsten Tagen zu. Ebenso erhielt ich eine Aufstellung, wo ich wann zum Stylen kommen sollte. Erstaunlich, dass er mir nicht noch aufgeschrieben hatte, wann ich die Toilette zu benutzen hatte…

Meine Arbeitskolleginnen schüttelten mal wieder den Kopf. „Mara, du bist zu viel mit deiner Teenie-Tochter zusammen. Du sinkst offensichtlich auf ihr Niveau!" und „Deiner Tochter wird es peinlich sein, mit ihrer alten, einen Star anhimmelnden Mutter auf ein Konzert zu gehen" sowie „Du machst dich lächerlich!" hörte ich fast täglich, nachdem sie mitbekommen hatten, dass ich VIP-Konzertkarten besaß.

Sie hatten zweifelsfrei Recht. Noch nie zuvor war ich in einen Prominenten verliebt gewesen und hatte genau das immer unreif und realitätsfremd empfunden. Nun schien ich mir einzubilden, ich könnte eine Freundin für Kyle werden. Ich erschrak. Tatsächlich war ich inzwischen nahezu überzeugt, ich könne ihn tatsächlich für mich gewinnen, wir könnten wirklich ein Liebespaar werden. Nicht nur eines innerhalb einer Scheinliebesgeschichte. Ich war nicht mehr bereit, die Vertrautheit und Nähe zu ihm einfach wieder aufzugeben.

Fast jede Nacht fieberte ich dem Zeitpunkt entgegen, in dem wir uns privat, ohne die Journalisten und Fotografen, ohne Ron, näherkamen. Der Moment, in dem wir im Bett landen würden, erschien für mich der Höhepunkt und das Ende meines Lebens. Denn ich dachte nicht an danach. Die Frage, wie es mit Kyle weitergehen sollte, verdrängte ich sehr geschickt.

Jetzt aber kam erst einmal das Abenteuer des Konzertes auf uns zu. Die Tage zuvor war meine Tochter genauso aufgeregt wie ich. Sie mochte Kyles Musik, auch wenn sie wesentlich mehr auf Heavy Metall stand. Ein Geschmack, den ich gar nicht mit ihr teilen konnte.

Wir entschieden uns, dass ich mit dem Auto nach Frankfurt fuhr. Dadurch waren wir zeitlich unabhängiger. Ich ahnte nicht, welche Folgen diese Entscheidung noch nach sich zog.

Die Fahrt nach Frankfurt am 09.September nach Schulschluss verlief reibungsloser als ich dachte. Kein Stau, kein Unfall, kein unerwarteter Ausfall meines Navigationsgerätes! So waren wir über zwei Stunden vor dem Konzert in Frankfurt. Dennoch fuhren wir nicht ins Hotel, sondern schon in die Konzerthalle, nachdem wir uns an einem McDonald's etwas zu Essen und einen Kaffee bestellt hatten. Ich musste bei McDonald's wieder mein Eiweißshake anrühren, hatte mich aber auch langsam schon daran gewöhnt.

„Du wirkst so jung heute!", strahlte mich meine Tochter im Restaurant an.

„Ich fühle mich auch so. Ich habe jetzt über zehn Kilogramm abgenommen und fühle mich super!"

„Und du siehst gleich deinen Kyle!"

„Er ist nicht mein Kyle!"

„Ach, Mutti!", meine Tochter schaute sich um. Es waren viele Gäste im Restaurant und daher wechselte sie das Thema. Sie wollte nicht mit Geheimnissen herausplatzen, die meinen Vertrag beinhaltete.

„Er", ich vermied es jetzt auch, den Namen zu nennen, „ist wie ein wertvolles, schönes Bild in einer Kunstausstellung. Du kannst dich davorsetzen, es anschauen, dich hineinversetzten, es täglich besuchen und zu deinem Mittelpunkt in der Ausstellung machen. Aber letztlich kannst du es nicht mitnehmen. Es wurde geschaffen, damit alle daran Freude haben. Das ist sein Zweck und nur dafür ist es so schön!"

„Wow, Mum! Wie philosophisch!", meine Tochter kicherte. „Aber Kunstwerke werden immer wieder mal gestohlen. Und du willst sicher der nächste Dieb sein?"

Ich nickte und dachte nach.

„Dann wäre er aber nicht mehr das wertvolle Kunstwerk, das ich kenne und liebe. Es würde verblassen, da ich es nicht so schützen kann, wie in einer Kunstausstellung. Die Raumtemperatur und Luftfeuchtigkeit würde ich nicht gut genug steuern können. Das Kunstwerk würde leiden und letztlich an Wert und Ausstrahlung verlieren."

Nun war ich ernst – meine Tochter auch.

„Ja, Mutti. Das würde vermutlich passieren."

Schweigend trank ich meinen Eiweißshake. Das konnte ich Kyle nicht antun, selbst wenn er bereit dazu wäre. Sein Erfolg, sein Gesang, seine Auftritte, seine Fans sind das, wodurch er lebte und strahlte und lebendig blieb. Ich wollte ihm etwas geben: mich. Aber keinesfalls wollte ich ihm etwas nehmen.

„Na ja, aber gegen ein bisschen Spaß mit ihm spricht aber nichts.", meine Tochter zwinkerte mir geheimnisvoll zu. „Ich kann heute auch allein im Hotelzimmer schlafen!"

„So jung und schon so verdorben!", antwortete ich lachend. „Auf kleine Mädchen mit so bösen Gedanken muss man ganz besonders streng aufpassen!"

Als wir in der Konzerthalle ankamen, mussten wir uns schon durch eine Menschenmasse von Fans zum Hintereingang durchwühlen. „Kyle, we love you!" und ähnliche Plakate wurden hochgehalten. Junge und ältere Frauen hielten vereinzelt kleine Stofftiere in der Hand, die sie Kyle dann auf die Bühne werfen wollten.

„Ist das nicht albern?", frage ich meine Tochter und hätte diesen Kommentar am liebsten sofort wieder zurückgenommen. Sie schaute mich sehr tadelnd an und ich wusste: ich war eine von ihnen, die sich so kindisch verhielt. Durch Zufall hatte ich das Glück, Kyle etwas näher sein zu dürfen. Aber war ich es wirklich?

Endlich erreichten wir den Hintereingang, den Ron mir zuvor beschrieben hatte. Wir klopften. Ein stämmiger Mann in einfacher Arbeitskleidung öffnete die Tür ein Stück und sagte völlig entnervt, bevor wir einen Ton hervorbringen konnten: „Hier ist kein Eingang. Wartet bis die Vorstellung beginnt." Leiser murrte er: „Frauen können fürchterlich sein, wenn hier ein bekannter Sänger auftritt!" Er schloss die Tür wieder.

In diesem Moment wäre ich gerne wieder gegangen, aber meine Tochter stupste mich aufmunternd an.

Also klopfte ich erneut, räusperte mich und sprudelte sofort los, als der Mann die Tür erneut öffnete: „Ich bin Mara, wir werden…"!

„Ach endlich, Mara!" Ich hörte Rons erleichterte Stimme im Hintergrund. „Lass sie bitte herein!"

„Da ist noch ein Mädchen!"

„Die gehört dazu!"

„Ist gut!", murrte der Mann gleichgültig und öffnete die Tür etwas mehr, damit wir hinein gehen konnten.

Meine Tochter und ich traten in einen länglichen Flur ein. Am Ende gingen einige Zimmer links und rechts ab und es herrschte geschäftiges Treiben. Laute Stimmen kamen aus den Zimmern, die jedoch in englischer Sprache durcheinanderriefen. Kyles Team! Ron rannte förmlich auf mich zu. Da war ich wieder angekommen: in meiner glitzernden Abenteuerwelt!

Ron umarmte mich zur Begrüßung und meine Tochter ebenfalls, die inzwischen ein paar Zentimeter größer als ich war. Sie hatte vor Aufregung rote Wangen bekommen. Ihre wasserblauen Augen strahlten. Auch sie schien dieses Flair zu genießen.

„Wo ist Kyle?", fragte sie mich auf Deutsch.

„Kyle ist nie da, wenn ich komme!", antwortete ich ihr auf Englisch. Ron durfte das ruhig mitbekommen.

Ron grinste und drehte sich um: „Kyle, kommst du bitte mal kurz!"

Als erstes sahen wir die lebhaft artikulierende Arme von Kyle durch die Tür treten, dann kam der Rest. Er war wohl gerade bei Susan in der Maske gewesen, denn seine Haare waren noch nass und sein Gesicht war ungeschminkt. Dennoch spürte man an seiner Ausstrahlung den Star, den Entertainer, den besonderen Menschen. Seine Lebhaftigkeit erfüllte den einfachen Gang mit einem Strahlen.

„Wow!", das war jetzt meine Tochter.

Kyle kam auf uns zu. Er lachte uns an. „Mara, Liebes! Schön, dass du hier bist!" Er drückte mich an sich.

„Schön, dass du mich eingeladen hast!" Ich hatte kurz meine Arme um ihn gelegt. Ron knurrte im Hintergrund.

Kyle drehte sich zu ihm um: „Ja, Ron! Schön, dass du alles so perfekt organisiert hast!"

„Danke für die seelische Streicheleinheit!", antwortete Ron jetzt grinsend.

„Ja, du bist sicher Maras Tochter!" Sie nickte und starrte Kyle in die Augen. Ich schluckte. Es sah fast aus, als himmelte sie Kyle jetzt auch an. „Herzlich willkommen!", er umarmte sie auch. „Deine Augen sind extrem schön!"

„Danke!", brachte meine sonst sprachbegabte Tochter endlich in Englisch heraus.

Sein Blick wanderte wieder zum mir. „Ich muss mich jetzt auf das Konzert vorbereiten!"

„Bist du nervös?", fragte ich ihn.

„Sehr, wie immer! Man hat immer Angst, dass noch ein Missgeschick passiert!" Er lachte auf.

„Bis nachher, Kyle! Und Hals und Beinbruch!" Ich war stolz. Ich hatte extra im Internet nachgeforscht, wie man so etwas auf Englisch wünscht. Kyle grinste und Ron lachte auf.

„Ja, bis zur Aftershow-Party!"

„Oh mein Gott!", ein zaghaftes Stimmchen links von mir ließ mich hochschrecken.

„Was?"

„So viel Temperament und Charme auf einen Haufen habe ich selten gesehen!", entgegnete meine Tochter fast atemlos. „Bei ihm kann ich dein Teenie-Verliebtsein fast nachempfinden!", neckte sie mich weiter auf Deutsch. In der falschen Annahme, in Deutsch könne sie keiner verstehen, fuhr sie fort: „Ron wäre aber mehr mein Typ!"

„Danke! Vieles wäre einfacher, wenn deine Mutter das auch so sehen würde!", antwortete er auf Deutsch.

„Du kannst Deutsch?", fragte ich erstaunt.

„Ein bisschen. Ebenso wie Kyle, hatte ich Deutsch in der Schule.", jetzt war er jedoch wieder auf Englisch übergegangen. „Und da ich häufiger Reisen und Konzerte im deutschen Ausland organisiere, kann ich es noch etwas üben."

„Mir war gar nicht klar, dass Kyle so häufig in Deutschland ist!"

„Ist er auch nicht. Aber ich betreue auch noch mehr Prominente!"

„Oh, und ich habe gedacht, dass du nur der Butler von Kyle bist!"

Ron und meine Tochter lachten los. Meine Tochter wusste, dass ich keine Gelegenheit auslassen würde, um mich bei Ron für seine herablassende Art zu revanchieren.

„Ich tue alles für deine Mutter und sie ist so böse zu mir!", richtete sich Ron jetzt neckend an meine Tochter. Schmollend wie ein Kind schob er seine Unterlippe vor. Anscheinend hatte auch er ein bisher verborgenes schauspielerisches Talent.

„Ja, so ist sie!", reagierte meine Tochter lachend. Ihr Englisch holperte noch so wie auch bei mir am Anfang, aber sie verstand offensichtlich alles.

„So, Mara, nun wirst du gestylt!" Er ging vor und wir folgten. Als er links einbog, sah ich Susan, die noch mit Kyles Frisur kämpfte. Eine zweite Frau lächelte mich an und zeigte auf einen noch freien Stuhl. Ich sah Ron an, der mir zunickte und nahm dort Platz.

„Junge Lady, du kommst mit nach oben und kannst dir die letzten Vorbereitungen in der Konzerthalle anschauen!" Typisch Ron! Jetzt kommandierte er auch noch meine Tochter herum.

Ich wollte ihn gerade stoppen, da hörte ich meine Tochter „Oh ja, gerne!", sagen. Ich drehte mich beruhigt dem Spiegel zu. Ich saß in der Maske, direkt neben Kyle und wurde hübsch gemacht. Er sprudelte neben mir und erzählte so schnell, dass ich diesmal kaum etwas mitbekam. Aber es war auch an Susan gerichtet. Von mir hatte er sich vorhin schon verabschiedet.

„Denk an das Bild in der Kunstausstellung!", raunte etwas in mir und mein Hochgefühl ebbte ein wenig ab.

Bis ich frisiert, geschminkt und passend gekleidet war, verging so viel Zeit, dass Ron mich schon ermahnte, schnell in die Konzerthalle zu kommen, um auch möglichst nah an der Bühne zu sein. Dort fand ich dann auch meine strahlende Tochter wieder.

„Ron war so nett zu mir!", raunte sie mich an.

„War das wirklich Ron und nicht etwa ein Zwillingsbruder, der dir gefallen hat?", vergewisserte ich mich zwinkernd.

„Ron scheint dich zu mögen!", beharrte meine Tochter weiter.

„Scherzkeks! Er mag meinen Part in unserem Vertrag, der ihm vermutlich Erfolg bei der Vermarktung von Kyle und viel Geld bringen wird!"

„Da spricht die Betriebswirtin in dir, Mutti!"

„Nein, meine Erfahrungen mit Ron!"

„Schau mal, die Fans stürmen jetzt herein!" Wir drehten uns beide um.

Plötzlich erschien Kyle auf der Bühne! Er war noch in Jeans und einfachem Pulli. Aber seine Haare waren jetzt gestylt und er geschminkt.

„Ich freue mich sehr, Euch zu sehen!"

Es wurde ruhig im Konzertsaal. Man hörte nur noch die Schritte der Leute im Hintergrund.

„Ich ziehe mich jetzt nur noch für euch um und dann geht es los! Ich wünsche euch viel Spaß mit meinem Konzert! Ich freue mich schon sehr auf euch!" Und weg war er. Das war bestimmt so nicht geplant und wirkte auch frei herausgeredet. Typisch, Kyle. Sehr unkonventionell, aber wirkungsvoll. Die Fans schrien jetzt. „Kyle…Kyle…!" Fotografen positionierten sich in günstigen Positionen.

Und ich würde seine Freundin werden, wenn auch nur zum Schein!

Meine Tochter war überwältigt. Ihr erstes Konzert! Als die bunten Lichter aufleuchteten, die Musik in einer ungeheuren Lautstärke einsetzte und Kyle in auffälliger Kleidung die Bühne betrat, schrie sie genauso wie all die anderen Fans. Da ich wusste, dass die Fotografen mit Sicherheit von Ron über mein und Kyles Treffen aufgeklärt worden waren, musste ich ebenso schreien. Schließlich war ich sein größter deutscher Fan – laut Vertrag! Ich entdeckte Ron an der Seite der Bühne. Er grinste zufrieden, als er mich sah. Vertrag erfüllt. Es war der pure Wahnsinn. Die Fans tobten und rissen meine Tochter und mich immer tiefer in die Begeisterung. Es erinnerte mich nahezu an Massenhysterie. Die Musik dröhnte, die Lichter heizten die Stimmung an. Kyle war ein Star, der alle fesselte. Er war der strahlende Mittelpunkt, der süße Junge, der erfahrene Mann, der Supersänger, unser Hypnotiseur, mein zukünftiger Freund. Leider war das Konzert schon viel zu früh zu Ende. Kyle schwitzte, aber ich sah ihm an, dass er es selbst nicht bemerkte. Er torkelte wie im Rausch. Seine Augen leuchteten wie zwei kleine Hallogenlämpchen. So kam es mir jedenfalls vor. Ich sah ihn ganz nah. Ich stand an der Bühne. Die Musik verebbte. Der letzte Ton war gespielt. Alles schrie: Zugabe! Kyle warf den Kopf bubihaft lachend zurück.

Er nahm das Mikrophon „Ich will jetzt erst einmal meinen Fans danken, die mir dieses Glücksgefühl geschenkt haben!" Er ging an den Rand der Bühne. Zu mir! Ich hielt den Atem an. Er reichte mir seine Hand, Ich ergriff sie. Er zog mich auf die Bühne hoch.

„Einer meiner größten deutschen Fans: Mara! Wir haben uns bereits ein paar Mal in New York getroffen!" Er legte den Arm um mich und drückte mich an sich, während er sprach. Blitzlichtgewitter. Meine Augen tränten nicht mehr so, wie früher. Ich sah von der Bühne aus die Massen, die Kyle zujubelten. Ich stand dort oben in Kyles Arm. Ich gehörte zu Kyle, in diesem Moment!

Kyle brachte mich jedoch wieder viel zu schnell zu meiner Tochter zurück. Ich schwebte förmlich. Meine Tochter strahlte mich wissend an!

Ron starrte mich an. Ich spürte es körperlich. Sein Blick war ernst und ein wenig ängstlich. Warum? Passte es ihm nicht, dass Kyle mich öffentlich vorgestellt und gedrückt hatte? Hatte ich etwas falsch gemacht?

Ich schaute Kyle fragend an. Er war jedoch mit dem nächsten weiblichen Fan beschäftigt, den er auf die Bühne gezogen hatte. Sie war gute zwanzig Jahre alt, schlank, blonde lange Haare. Eifersucht durchzuckte mich. Kyle sprach etwas ins Mikrophon. Die Frau hing an seinen Lippen, dann an seinem Hals und Kyle: er küsste sie. Auf der Bühne! Vor allen Augen! Vor meinen Augen!

„Mutti!", Meine Tochter sah mich traurig an.

„Ron hatte so etwas angedeutet!", stöhnte ich atemlos zurück.

„Es tut mir so leid!" Meine liebe Tochter.

Inzwischen hatte Kyle schon die nächste Frau auf der Bühne und umarmte diese.

„Mutti, du wirst fotografiert!"

„Ron – verdammter Mistkerl!", entfuhr es mir. Er hatte es geplant. Er hatte die Journalisten entsprechend vorbereitet. Ich sollte nach den Dates in New York als verschmähter Fan hier stehen. Und ich hatte meine Tochter mitnehmen sollen, damit ich nicht zu sehr ausflippte. Ron wusste genau, dass ich mich bei ihr zusammennehmen würde. Er wusste nur nicht, dass Kurzschlusshandlungen für mich ohnehin untypisch waren und ich mit Untreue relativ gut umgehen konnte. Nicht aber mit öffentlichen Erniedrigungen.

„Ron?" Meine Tochter verstand nicht. „Kyle benimmt sich doch daneben!"

„Erklär ich dir später. Jetzt muss ich meine Rolle spielen!"

Okay. Sie würden bekommen, was sie sich wünschten. Ich schaute Sekunden ins grelle Licht und meine Augen begannen wunschgemäß erheblich zu tränen.

Meine Tochter reichte mir ein Taschentuch, dass ich aber erst benutzte, nachdem einige Fotografen bereits Bilder von mir geschossen hatten.

Ich schaute zu Kyle hoch, der Arm in Arm mit einem anderen weiblichen Fan stand. Er schaute ihr liebevoll in die Augen.

„Komm mit!", flüsterte ich meiner Tochter zu und rannte los, soweit es die Zuschauermassen um die Bühne zuließ. Sie rannte hinterher. Ich folgte den Schildern zur Damentoilette. Ich drehte mich einmal kurz um. Einige Reporter und Fotografen jagten hinter mir her.

„Mutti! Hinter uns sind die Fotografen!"

„Ist so geplant!", antwortete ich atemlos.

Ich verschwand kurz auf dem Damenklo. Meine Tochter folgte mir. „Ich werde gleich verheult hier herausgehen. Dann werden sich die Reporter auf mich stürzen. Das ist von Ron so eingefädelt! Du bleibst besser erst einmal hier drin, sonst stürzen sich die Reporter auch noch auf dich."

„Wusstest du etwas davon?"

„Nein. Ron weiht mich nie in etwas ein!"

„Mutti! Es tut mir leid für dich. Das Konzert war so schön!"

„Die Aftershow-Party wird noch schöner! Bis gleich!"

Ich tupfte meine Augen mit Wasser aus dem Hahn ab, damit meine Augenschminke verlief und ich absolut verweint aussah. Dann verließ ich die Damentoilette.

Wie erwartet hielten mir einige Reporter das Mikrophon unter die Nase und die Blitzlichter halfen mir diesmal, weiter zu weinen.

„Frau Fortein, wie geht es ihnen?"

„Nicht gut!" Ich schluchzte auf. Eigentlich war es ein wütendes Schluchzen, aber egal welches, es war gelungen.

„Wir dachten, zwischen Kyle und Ihnen würde sich etwas anbahnen nach Ihrer gemeinsamen Zeit in New York und den Berichten!"

„Ich auch!", mein Gott, wie jämmerlich ich schluchzen konnte.

„Ist es jetzt zu Ende, Frau Fortein?"

„Weiß ich nicht!", und ich biss mir bewusst heftig auf die Lippe, damit die Tränen wieder rollten.

„Sie lieben Kyle doch sehr!"

„Ja!", wow, das klang echt jaulend. Ich wusste gar nicht, dass auch ich ein wenig schauspielern konnte. Vielleicht gab mir auch die Wut auf Ron diese Fähigkeit.

„Gehen Sie zur Aftershow-Party?"

„Ja! Ich will Kyle noch einmal sehen!" Hoffentlich übertrieb ich es bloß nicht.

„Warum hat er andere Frauen geküsst, wenn er mit Ihnen zusammen ist!"

„Wir waren noch nicht so richtig zusammen. Er liebt vermutlich alle seine Fans und wird halt bei Frauen schwach!" Ich wusste, dass ich mir damit enorm schadete. Was meine Arbeitskolleginnen übermorgen zu mir sagen würden, wagte ich mir gar nicht vorzustellen. Traurig dachte ich an meinen Chef, bei dem ich enorm in der Achtung sinken würde. Aber ich musste jetzt da durch. Ich tat es für Kyle, für meinen Vertrag und irgendwo auch für mich. Es begann, mir Spaß zu machen, eine Rolle zu spielen. Ich hatte Macht. Ich konnte die Reporter manipulieren und ich war in der Lage, Kyle zu helfen. Ich machte aktiv Werbung für sein neues Album „Kyle for Fans!" Ich war plötzlich jemand, der etwas zu sagen hatte, sagen durfte und lenken konnte. Die Quittung würde ich in Kürze bekommen.

Die Reporter waren zufrieden und verschwanden genauso schnell wieder, wie ich es schon in New York gewöhnt war. Meine Tochter kam aus der Damentoilette heraus.

„Warum hast du dich so getroffen gezeigt, Mutti? Ich habe alles mitgehört hinter der Tür. Weißt du nicht, was dieses Interview für dich bedeuten wird?"

„Ich weiß es! Es war meine Rolle, die ich spielen musste. Sorry, wenn ich dir dadurch schaden sollte!"

Meine Tochter überlegte einen Moment. „Ich glaube nicht, dass sich meine Freundinnen Berichte über Kyle anschauen. Aber du tust mir leid. Wie konnten Ron und Kyle dir das nur antun?"

„Das frage ich mich allerdings auch!", stöhnte ich.

In diesem Moment kam Ron angelaufen.

„Mara, du warst fantastisch!"

„Habe ich meinen Vertrag zu deiner Zufriedenheit erfüllt?"

„Mehr als das!"

„Okay, dann gehen wir schon mal vor zur Aftershow-Party!"

„Das ist schön!" Ron schien meine Verärgerung nicht zu bemerken.

„Warum sagst du ihm nicht, wie wütend du bist!", fragte mich meine Tochter aufgebracht in Deutsch.

„Ich habe den Fehler gemacht, daran zu glauben, dass auch ich Vorteile von diesem Vertrag hätte. Ich habe aus Abenteuerlust und pubertärer Schwärmerei gehandelt. Nun trage ich die Folgen und genieße, was ich noch genießen kann: also, ab zur Aftershow-Party!"

Als ich mich umdrehte, stand Ron noch hinter mir.

„Mara?"

„Was?"

„Du bist wütend?" Ich hatte vergessen, dass Ron Deutsch ganz gut verstand.

„Ron, du hast keine Ahnung, was mich im Büro erwarten wird. Ich befürchte, noch nicht einmal ich kann das Ausmaß der Reaktionen abzuschätzen!"

„Sorry, das habe ich nicht bedacht. Ich komme aus einem anderen Leben!

„Ich habe noch ein anderes Leben, in das ich zurückmuss. In diesem Leben ahnt niemand etwas von unserer Show und ich werde jetzt dort abgeurteilt. Aber kümmere dich nicht darum. Die Unterzeichnung des Vertrages war meine Entscheidung. Ich werde weder Kyle noch dir etwas zerstören und halte den Vertrag bis zum Ende ein!"

Ich wandte mich meiner Tochter zu.

„Komm. Lass uns heute Party feiern! Lass es unsere Party sein!"

Meine Tochter kannte mich und sie wusste, dass ich es ernst meinte.

Kyle erschien ziemlich spät zur Aftershow-Party. Er kam sofort auf mich zu und wollte mich drücken. „Danke, Mara!"

Ich wich zurück. „Keine Ursache, Kyle! War es nicht so vereinbart im Vertrag?"

Er schaute mich schuldbewusst an. „Es tut mir leid. Ich weiß, dass du mich sehr magst!"

„Ach, wirklich?"

„Entschuldigung, dass ich so spät komme. Ich musste noch etwas regeln!"

„Okay!"

Ich schubste meine Tochter in Richtung Bar und bestellte zwei Gläser Cola light.

Ich hatte auch noch viel Spaß mit meiner Tochter. Wir lästerten über die teilnehmenden Fans, den ausgefallenen Bandmitgliedern, den Showbusiness-Leuten. Ron schaute mich häufiger an, aber kam nicht zu uns. Meine Tochter brachte mich immer wieder zum Lachen und der Abend wurde noch richtig schön. Als ich mich reichhaltig am Buffett bediente, stand Ron plötzlich hinter mir.

„Wenn du jetzt viel isst, wirst du Bauchschmerzen bekommen. Du bist während deiner Eiweißdiät nicht gewohnt, so reichhaltiges Essen zu verdauen!"

„Danke für den Rat, lieber Ron! Aber ich bin so vieles nicht gewohnt und habe es dennoch sehr gut überstanden!"

Das Essen schmeckte hervorragend und war ein guter Ersatz für Kyles Demütigung. Mein Bauch verkraftete das Essen wesentlich besser als ich die öffentliche Erniedrigung.

Kurz nach Mitternacht fing meine Tochter zu gähnen an. „Sollen wir langsam gehen oder willst du noch bleiben?", fragte sie mich.

„Lass uns gehen!"

Wir verließen das Konzerthaus und gingen schweigend zu unserem recht abseits geparkten Auto.

„Eigentlich habe ich keine Lust, noch im Hotel einzuchecken. Morgen kommen dann sicher Kyle und Ron und wollen mit uns frühstücken.", überlegte ich laut.

„Mutti, ich auch nicht. Überhaupt nicht!"

„Weißt du was? Ich bin noch recht munter. Vermutlich durch die vielen Cola Lights. Ich rufe im Hotel an, storniere das Zimmer und wir fahren jetzt noch nach Hause!"

„Das sind drei bis vier Stunden Fahrt!", bemerkte meine Tochter.

„Heute Nacht sind die Straßen freier, ich bin wach und du kannst schlafen. Was hältst du davon!"

„Super Idee!"

Ich freute mich. Eine ruhige, besinnliche, lange Fahrt über die fast leere Autobahn war für mich genau das, was ich jetzt wollte. Meine Tochter schlief sehr ruhig hinten im Wagen und ich hörte Kyles Musik. Ich weinte, weil ich Abschied nahm. Von meinem Traum, von meiner Fantasie, Kyle und ich könnten zusammenkommen. Ich hatte mir eingeredet, Ron und Kyle läge auch etwas an mir persönlich. Nicht nur an dem Vertrag und ihrer Publicity. Ich gehörte nicht dazu, nicht in deren Welt. Ich hatte das Ganze inzwischen nicht mehr als zeitlich begrenztes Geschäft gesehen, sondern als die pure Wahrheit. Mein Fehler! Ein folgenreicher Fehler! Dafür, dass alles nur auf einem Projekt beruhte, dessen einziger Zweck es war, Kyle wieder bekannter zu machen und mehr in die Medien zu bringen, waren Ron und Kyle sogar recht nett zu mir gewesen. Bis auf die Demütigung heute im Konzert. Es tat mir sogar weh, Ron aufzugeben. Er gehörte zu meinem zweites, abenteuerreichen, spannenden Leben auf Zeit. Ich schluchzte leise vor mich hin. Es tat gut und machte seit Monaten meinen Kopf wieder frei und nüchtern.

Als wir zu Hause ankamen, wurde es schon fast wieder hell. Ich legte mich sofort ins Bett und schlief sofort ein. Diesmal quälten mich keine Träume von Kyle mehr.

Um 9:00 Uhr klingelte mein Handy. Meine Tochter und ich hatten uns frei genommen und ich schlief daher noch.

„Ja!"

„Mara, wo bist du. Du hast nicht im Hotel übernachtet!"

„Ron!"

„Ja, wir wollten mir euch frühstücken!"

„Wir sind zu Hause"

„Wie? Zu Hause?"

„Ja, ich bin heute Nacht noch nach Hause gefahren!"

„Du bist verrückt! Wir haben dich vermisst!"

„Habe ich nicht gestern genug vom Vertrag erfüllt?"

„Nun höre doch endlich mit dem Vertrag auf!"

„Ich bin müde, Ron!"

„Okay, schlaf noch ein wenig. Am frühen Nachmittag sind wir bei dir!"

„Was?"

„Ich nehme mir einen Leihwagen und wir kommen zu dir!"

„Du kennst dich in Deutschland nicht aus, Ron! Zudem musst du doch noch müde von gestern sein."

„Für dich mache ich alles möglich!"

„Ja ich weiß! Kyle hat auch schon gesagt, dass du unglaublich bist!"

„Bis nachher. Und mache dich schick – für Kyle!"

„Aber...!" Klick! Ron hatte aufgelegt.

Ich wollte meine Ruhe haben. Ich wählte Rons Handynummer, um abzusagen.

„Der Teilnehmer ist zurzeit nicht erreichbar!", flötete mir eine amerikanische Frauenstimme entgegen. Ich klappte mein Handy zusammen und stellte mir den Wecker.

Noch zwei Stunden schlafen!

Als zwei Stunden später mein Wecker klingelte, bezweifelte ich einen Moment, dass ich tatsächlich einen Anruf von Ron erhalten hatte. Aber mein Handy zeigte ihn im Ordner „eingehende Anrufe" zweifelsfrei an.

Ich stöhnte, stand auf und kochte mir erst einmal einen schwarzen Kaffee. In dem Zimmer meiner Tochter tat sich auch schon etwas. Ich ging zu ihrer Tür und klopfte. Die Tür ging auf und meine Tochter war schon angezogen und lachte mich an.

„Schon wach, Mutti?"

„Ja, muss ich!"

„Du hast doch heute auch noch frei!"

„Dachte ich auch. Aber dann kam ein Anruf!"

„Du musst noch arbeiten gehen?"

„Wie man es nimmt!"

„Nun, rück doch mit der Sprache raus!", meine Tochter liebte diese Spielchen mit den unklaren Antworten überhaupt nicht. Umso lieber zog ich sie in die Länge.

„Ron hat vor zwei Stunden angerufen. Er und Kyle werden so ungefähr in zwei bis drei Stunden bei uns auftauchen!"

„Hier?", brüllte meine Tochter entsetzt.

„Ja, sieht so aus!"

„Warum?"

„Weiß ich auch nicht. Vielleicht hat Ron Angst, dass ich etwas erzähle. Vielleicht tut es ihnen aber auch leid, dass sie mich so gedemütigt haben. Keine Ahnung!"

„Dann musst du dich noch schick machen, Mutti. Soll ich dir helfen!",

„Wäre nett, wenn wir zusammen schauen, was ich anziehen könnte. Ich habe so gar keine Lust, Kyle jetzt gleich wiederzusehen!"

„Du liebst ihn noch immer und es tut dir weh, was gestern geschehen ist?"

„Leider, ja! Kyle ist wirklich nicht rücksichtslos. Sein Ziel ist seine Karriere, das meine das Abenteuer und die Nähe zu Kyle! Beides hat Ron genutzt, um diesen Vertrag mit uns abzuschließen und gängelt uns jetzt beide gleichermaßen."

„Du hältst Ron für schuldig?"

Ich überlegte einen Moment. „Nein! Eigentlich nur mich selbst. Ich hätte genau wissen müssen, auf was ich mich einlasse. Das alles war so offensichtlich, so klar zu sehen, aber ich wollte es nicht wahrhaben. Ron tut das, was er als Manager tun muss: Kyle bestmöglich vermarkten. Kyle ist sehr nett zu mir gewesen, immer und jederzeit. Er hat mich nie herablassend behandelt, obwohl ich ihn nur angehimmelt habe. Wäre ich an seiner Stelle, hätte ich mich wesentlich unangenehmer verhalten. Ich bin das Problem. Ich verstand nur das Showbusiness und dessen Spielregeln nicht."

„Wie solltest du auch, Mutti! Es ist doch alles neu für dich!"

„Danke, Schatz! Ja, das dachte sich Ron auch. Dumm ist er wirklich nicht. Und daher hat er vollständig vorgeplante Situationen für mich geschaffen, ohne mir Möglichkeiten zum Einspruch zu geben, indem er mich vorher darüber aufklärt, was mich erwartet."

„Meinst du, Kyle wurde in die Planungen miteinbezogen?" Meine Tochter war so niedlich besorgt. Was hatte ich ein Glück mit ihr!

„Vielleicht etwas mehr als ich. Aber Kyle ist ein absoluter Profi. Er weiß genau, was ankommt und was nicht. Er lebt nur für seinen Beruf, den er perfekt erfüllt."

„Sonst würdest du nicht so sehr für ihn schwärmen!"

„Genau! Er und Ron wollten mir nicht wirklich wehtun. Sie wollten nur ihre Arbeit tun, die für sie selbstverständlich ist. Show!"

„Dann bist du nicht mehr böse auf sie?"

Ich dachte kurz nach „Eigentlich nicht, nein! Nur noch traurig. Und ich schäme mich, dass ich so naiv war!"

Meine Tochter nahm mich an der Hand. „Mutti, du warst sehr gut gelaunt und lebendig in dieser Zeit. Es hat dir irgendwie gutgetan!"

„Vielleicht!" Ich nickte. Aber nun drängte die Zeit.

Ich wusch meine Haare und föhnte sie. Ich spülte kurz noch das schmutzige Geschirr weg und suchte dann mit meiner Tochter meine Kleidung aus. Wie es immer so bei Frauen ist, wenn sie sich schick machen wollen, lag nach einer halben Stunde mein ganzes Bett mit Kleidung voll, gegen die ich mich nach einer Anprobe entschieden hatte. Egal! Ich entschied mich letztendlich für eine hautenge Jeans, die ich mir erst vor drei Tagen neu gekauft hatte. Darüber trug ich einen auffälligen, sommerlichen Pulli in leichtem Lagenlook. Auch eine relativ aktuelle Errungenschaft. Früher hatte ich nie extravagante Kleidung gekauft, jetzt verlangte ich förmlich nach etwas Besonderem. Ich hatte mich tatsächlich in der kurzen Zeit schon ziemlich verändert.

Es war ein warmer Nachsommertag. Daher war eine Jacke wohl nicht erforderlich. Damit hätte ich auch Probleme gehabt, denn inzwischen sahen meine bisherigen Kleidungsstücke aus, als hätte ich sie mindestens zwei Nummern zu groß gekauft. Da ich weiter abnehmen wollte, lohnte es sich auch nicht, meine Garderobe zum jetzigen Zeitpunkt im großen Umfang auszutauschen.

Endlich war ich geschminkt, angezogen und gestylt. Ich ließ mich auf einen Sessel fallen.

„Puh!"

Ich schaute meine Tochter an. „Und du? Willst du dich auch schick machen?"

„Geh du mal allein zu Kyle, Mutti!"

„Stimmt, wäre bestimmt auch besser!"

„Uh, jetzt kommt die große Versöhnung!", zog sie mich auf.

„Blödsinn! Mir war keiner etwas schuldig, daher bin ich nicht mehr sauer und niemand braucht sich mit mir zu versöhnen!"

Meine Tochter zwinkerte mich jedoch noch vielsagend zu.

Gerade hatte ich meinen Mittagseiweißshake getrunken, da klingelte mein Handy. Ohne auf die Nummer des Anrufers zu schauen, ging ich dran! „Hey, Ron!"

„Hier ist Kyle. Enttäuscht?" Mein Herz holperte einmal heftig. Verdammt!

„Nein, es ist nur ungewohnt, dass du anrufst!"

„Wir sind vor deinem Haus! Könntest du bitte herunterkommen?"

„Kommt doch herauf. Hier gibt es noch warmen Kaffee!"

„Bitte Mara, komm herunter!" Mir schwante etwas. Meine Tochter hatte meine Antworten des Gesprächs gut verstanden und rannte ebenfalls von einer Vorahnung getrieben ans Fenster, das zur Straße heraus ging.

„Oh Gott!", quietschte sie!

„Fotografen, Reporter, Volksauflauf!", vermutete ich.

„Fotografen und Reporter und ein paar Passanten und stehende Autos!"

Früher wäre ich in Panik geraten. Jetzt atmete ich nur einmal tief durch und stellte mich auf meine Rolle ein. Zumindest wusste ich nun, warum sie zu mir gekommen waren. The show must go on!

Gefasst öffnete ich die Haustür und trat auf den Bürgersteig. Kameras waren auf mich und Kyle gerichtet, die Reporter verhielten sich noch ruhig. Ich tat so, als würde ich nur Kyle sehen, der sich mit einem Strauß voller roter Baccara-Rosen auf mich zubewegte. Fotos wurden geschossen. Aus dem Augenwinkel sah ich, wie auch die örtliche Presse anwesend war. Was hatte Ron bloß von einer Presse einer Kleinstadt? Das brachte ihm doch nichts. Und Ron tat nie etwas, was ihm nichts einbrachte.

Jetzt stand Kyle vor mir. Sein bubihaft verschmitzter Gesichtsausdruck, sein warmer Blick und seine Fixierung auf mich, ließ mich wanken. Ich trat dennoch einen Schritt zurück. Die Presse sollte ihr Schauspiel haben!

Nun begann, Kyle zu reden. Laut, damit auch jeder der Reporter es hören konnte. „Mara! Es tut mir so leid, dir wehgetan zu haben!"

Wow, er sprach Deutsch mit amerikanischem Akzent. War das süß! Ich schaute kurz in die Sonne und atmete tief ein, als müsste ich Kraft sammeln. Dadurch fingen meine Augen an, zu tränen.

Kyle atmete die Luft tief ein, als müsse auch er sich Mut holen „Du weißt, ich mag Frauen sehr. Wenn sie mich anschauen, mich umschwärmen, werde ich leicht schwach. Ich bin ein Mann!" Vermutlich hatte Kyle die ganze Fahrt mit Ron diesen Text einüben müssen. Ich konnte mir so richtig vorstellen, wie Kyle am schwierigen Deutsch und dessen Aussprache fast verzweifelt war. Wie er mit seinen Armen versuchte, diese Worte nahezu körperlich einzuüben. Ich musste mir das Grinsen verkneifen. Wenigstens leuchteten jetzt dadurch sicher auch meine Augen.

Nach einer kurzen Pause fuhr Kyle fort: „Aber du bedeutest mir sehr viel. Du bist eine tolle Frau. Ich liebe dich!" Wow, das kam verdammt echt herüber. Kyle war ein emotionaler Mann und seine sprechenden Augen unterstrichen jeden einzelnen Satz! Ich schnappte nach Luft und versuchte, noch mehr zu tränen. Überwältigt riss ich meine Hände an meine Wangen.

Kyle hielt mir nun den Blumenstrauß vor die Nase. „Verzeihst du mir?"

Ich reagierte noch nicht. Krampfhaft versuchte ich, in meinem Gesicht Freude und Trauer abwechselnd spielen zu lassen.

„Frau Fortein, können Sie Kyle verzeihen!" Aha, der erste Reporter wurde ungeduldig. Ich winkte ab und tat so, als suche ich nach Worten.

„Kyle!", begann ich zögernd in Englisch. Ich schluchzte gespielt auf. Ron reichte mir ein Taschentuch. Ich putzte mir die Tränen weg, was hoffentlich die Spannung noch erhöhte.

„Kyle, ich liebe dich auch! Und genau das liebe ich an dir: deine nette, mitreißende Art zu allen Menschen!" Ich nahm den Strauß und lächelte glücklich in die Kameras. Ich las schon in Gedanken die Überschriften: „Rührende Versöhnung!" Toll: ich als betrogene Frau nahm den Star zurück, der nicht treu sein kann. Ron signalisierte mir, ich solle den Strauß zur Seite halten. Ich tat es verwirrt.

Kyle trat auf mich zu, schaute mir tief in die Augen und sagte leise „I love you!". Dann küsste er mich. Es war kein Filmkuss, es war ein richtiger Kuss. Seine Entschuldigung! Der Kuss schien gar nicht mehr aufhören zu wollen. Ich hörte erst noch das Klicken der Kameras, dann entfernten sich Schritte. Als Kyle sich löste, kam ich wie aus einem Traum zurück. Nun war mir dieser Kuss plötzlich sehr peinlich. Die letzten Reporter und Fotografen verschwanden mit einem zufriedenen Gesichtsausdruck. Wir drei waren jetzt allein.

„Gut gemacht, Mara! Du wirst immer besser. Ich denke, in deiner Arbeitsstelle wird dir auch keiner mehr Probleme wegen gestern machen!" sagte Ron leise, fast bedrückt.

„Nein, heute gibt es ja wieder genug Stoff für Lästereien!", redete ich in Deutsch vor mich hin. Ich versuchte, mich krampfhaft zu sammeln. Kyle stand noch immer vor mir und hielt mich an der Hand. Er sah mich liebevoll an. Er schaute eigentlich immer liebevoll.

„Mara, was glaubst du, wie sehr dich die anderen Fans jetzt beneiden!" Ron lächelte verkrampft.

Ich grinste. „Und wie sehr sie das Ende herbeisehnen und auf Kyle losgehen werden, um dasselbe wie ich zu erleben!"

„Exakt!", Ron war schonungslos ehrlich.

Kyle hatte mich auch inzwischen losgelassen und schaute auf seine Armbanduhr. „Ich schlage vor, wir gehen etwas essen! Ich lade meine Freundin natürlich ein!" Er zwinkerte uns zu.

„Herzlichen Dank!", kokettierte ich.

„Wohin geht's?", Ron lief schon in die falsche Richtung. Ich hatte an ein teures und daher wenig besuchtes Restaurant gedacht.

„Falsche Richtung, wie immer!", lachte ich und ergriff Kyles Hand. Wenn schon, denn schon!

Kyle lachte auf, spielte aber mit. Es war mehr ein kameradschaftlich vertrautes, als ein verliebtes Händchenhalten.

„Übertreib es nicht, Mara!", knurrte Ron dennoch hinter uns.

„Wieso? Hattest du das etwa nicht so geplant?" Ich drehte mich lachend zu ihm um. Letztlich hatte ich entgegen meinem gestrigen Ärger diese Versöhnungsszene mitgespielt.

Ich verdiente eine Belohnung. War ich inzwischen etwa auch schon so leichtlebig geworden, wie man es von Prominenten sagte?

Beim Weggehen winkte ich noch meiner Tochter am Fenster zu. Sie würde sicher bei meiner Mutter etwas zu Essen bekommen.

Ich musste zugeben, dass ich es sehr genoss, wieder mit Kyle und Ron zusammen zu sein. Ich hatte in ihnen irgendwie neue Freunde gefunden, eine englische Familie mit einem aufregenden Leben. Wir hatten ein gemeinsames Projekt, wenn auch aus völlig unterschiedlichen Motiven. Mir war jedoch jetzt klar, dass ich Kyle nie wirklich bekommen würde. Ich war noch immer in ihn verliebt. Und wie! Aber erstaunlicherweise reichte es mir jetzt eigentlich völlig, zu den beiden und deren Leben dazu zu gehören, für sie einfach kein „nobody" mehr zu sein.

Das Essen verlief recht fröhlich.
„Warum bist du nicht müde, Kyle? Ich habe sicher länger geschlafen als du, aber ich war ziemlich erschlagen heute!"
„In meinem Beruf ist man häufig müde. Es gibt immer Tage und Wochen, in denen man

mit viel Aufregung und ganz wenig Schlaf klarkommen muss. Aber es macht trotzdem großen Spaß!" Und das glaubte ich ihm auch. Seine Augen strahlten immer, wenn er von seinem Beruf erzählt. Er war wohl einer der wenigen oder vielleicht sogar der einzige Mensch, den ich kannte, der seinen Traumberuf ergriffen hatte und ihn noch mit Begeisterung ausübte.

„Daher liebst du wohl auch alle Fans. Sie gehören zu deinem Beruf dazu!", überlegte ich laut.

„Genau! Sie sind ein Teil meines Berufes, ein wichtiger oder sogar der wichtigste!"

„Danke!"

„Wieso?"

„Ich bin auch dein Fan!"

„Du bist mehr als das!", Kyle schaute mich gespielt beleidigt an.

„Okay! Heute bin ich mehr als das!" Es hörte sich gut an, war aber so wahnsinnig schnell vergänglich. Wie alles im Showbusiness.

„Mein Gott, seid ihr sentimental! Anscheinend braucht ihr doch mehr Schlaf!", knurrte Ron dazwischen.

„Yes, Dad!" antworteten Kyle und ich fast gleichzeitig.

„Ich nehme an, du willst diesmal nicht die Zeitungsberichte von gestern Abend lesen, Mara?"

Ich stöhnte auf. „Wahrscheinlich stellt mich die Presse als intolerante, eifersüchtige und liebeskranke alte Frau dar."

Ron lachte: „Ja, das trifft es in etwa."

„Ron, konntest du die Berichte in Deutsch vollständig lesen?"

„Nein, natürlich nicht. Ich kenne einen Journalisten in Frankfurt, der hervorragend Englisch kann. Er hat mir einige Texte telefonisch übersetzt. Die Zeitungsbereichte ähneln sich alle sehr!"

„So grob hätte ich sie dir auch übersetzen können oder ist mein Englisch so schlecht?" Ich machte eine beleidigte Miene.

„Ich wollte dich mit diesen für dich unerfreulichen Artikeln nicht belästigen. Ich habe sie dabei, wenn du sie doch sehen willst?"

„Nein danke Ron. Dann schaue ich mir heute tatsächlich lieber keine Zeitung an!"

„Ich denke, ab morgen bist du dann schon eine Prominente!" Kyle stupste mich freundschaftlich an. „Willkommen in unserer Welt!"

Ich bekam plötzlich ein ganz schlechtes Gefühl. „Ron? Welche Reporter waren denn vorhin dabei, als wir uns geküsst haben?"

Ron grinste selbstbewusst. „Einige der bekannten Zeitungen und Zeitschriften. Ja, und die Lokalpresse natürlich!" Er genoss sichtlich mein Entsetzen.

„Keine Sorge, Mara. Ich habe sichergestellt, dass die Berichte nebst Fotos von gestern und heute auch in den USA erscheinen werden."

„Das ist mir egal!"

Ron spielte Enttäuschung vor. Genießerisch zog er die Luft tief ein und holte zum finalen Schlag gegen mich aus: „Ach ja, Mara. Auch die Musiksender und das Fernsehen hat das Material!"

„Ron!" Halb gespielt, halb ernsthaft erschrocken, brüllte ich ihn an.

Kyle hatte gerade einen Schluck von seinem Espresso getrunken und konnte ihn kaum im Mund halten, so sehr musste er lachen. „Es ist unglaublich!", schrie er jetzt mit offenem Mund, nachdem er geschluckt hatte. Die Serviererin schaute ängstlich zu Kyle herüber. Dass sie ihn noch nicht erkannt hatte! Aber sie war noch jung. Kyle war mehr in meiner Jugend bekannt gewesen.

„Mara – dein Gesicht hättest du sehen müssen!"

„Man lacht nicht in aller Öffentlichkeit über seine Freundin!"

„Ich darf das! Ron, du lässt aber auch keine Gelegenheit aus, Mara zu ärgern!"

„Dann stimmt das also nicht? Das mit den Musiksendern?" Hoffnungsvoll blickte ich ihn an.

Kyle beruhigte sich langsam wieder.

„Doch, aber meistens bringen die nur zwei oder drei Sätze und keinen ausführlichen Bericht über neue Freundinnen. In unserer Szene wechselt man häufig die Freundinnen." Ron grinste, während er mich offensichtlich ungern beruhigte.

„Warum, Ron, willst du mich immer ärgern?"

„Denk mal nach!", knurrte Ron irgendwie kleinlaut.

„Kyle, was ist hier los?"

„Mein Gott, hast du es immer noch nicht gemerkt?" Kyle grinste.

„Kyle, halt den Mund!", bat Ron.

„Kyle, erzähl jetzt!", forderte ich.

„Ron, wir sollten ehrlich sein. Mara hat mir ihre Liebe mutig gestanden. Du solltest Mara endlich deine gestehen."

„Ron? Das kann doch nicht sein?" Ich schaute ihn fragend an und hoffte, er würde lachen und sagen, dass sei ein dummer Scherz von Kyle.

Ron nickte und rührte in seiner Kaffeetasse. Er war peinlich berührt.

„Ich, ich… du bekommst doch mit viel attraktiveren Frauen zusammen als ich es bin."

„Mag sein, aber du bist anders. Irgendwie schutzbedürftig in unserem Showbusiness. Du kämpfst dauernd darum, dazuzugehören. Irgendwie süß."

Ich schluckte und ergänzte leise: „Und fürchterlich verliebt in Kyle!"

„Ja, offensichtlich!" Ron stöhnte auf.

Kyle war ernst. „Siehst du, Mara. Ron leidet auch sehr unter der Vereinbarung. Aber er zieht es durch, wie auch du. Offensichtlich bin ich der einzige, der die Vorteile aus unserem gemeinsamen Projekt zieht. Auf eure Kosten!" Er schaute in die Runde. Keiner sagte etwas.

„Ich könnte es sehr gut verstehen, wenn wir hier einen Schlussstrich ziehen würden!" Ron und ich schüttelten beide den Kopf.

„Wir bringen es zu Ende wie verabredet und schauen dann, was kommt. So wie ich dich kenne, siehst du das auch so, Ron?"

Ron nickte: „Natürlich! Und bitte denkt bloß nicht daran, Rücksicht auf mich zu nehmen. Damit würdet ihr mich am meisten verärgern!"

„Ron, Mara – ich liebe euch!" Kyle drückte uns nacheinander.

Plötzlich lachte ich Ron an: „Und ich war davon überzeugt, du hättest dich in Kyle verliebt!"

„Danke!", Ron grinste wieder herablassend.

„Wofür?"

„…, dass du dich wieder genauso giftig benimmst, wie vorher."

Ich stupste Ron vertraulich an.

Ron hatte den Flug umgebucht und sie flogen am späten Nachmittag von Düsseldorf aus. Ich fuhr sie zum Flughafen, gab dort das Mietauto ab und fuhr mit dem Zug zurück. Als das Flugzeug nach New York startete, rollten mir schon wieder Tränen über die Wangen. Mein Freund verließ mich. Oder: verließen mich inzwischen zwei sehr enge Freunde?

Ron tat mir dennoch leid. Gegen Kyle hatte er bei mir keine Chance.

Meine Tochter nickte nur wissend, als ich ihr alles haarklein erzählte: „Ich habe dir doch gleich gesagt, dass Ron dich mag!"

Hatte meine Schwärmerei für Kyle mich so blind gemacht?

Am nächsten Tag kostete es mich enorme Kraft, zur Arbeit zu gehen. Ich hatte den Bericht in meiner Tageszeitung gelesen. Da war „Pretty Woman" nichts dagegen. Ich kam sehr überzeugend herüber. Ich hoffte nur, meine Tochter würde in der Schule nicht zu viele dumme Kommentare deswegen bekommen. Aber als ich ihr das sagte, lachte sie nur: „Mutti, das ist unser kleinstes Problem".

Zum Glück war sie ungeheuer schlagkräftig und daher angesehen und geachtet.

Als ich an der Empfangsdame in meiner Arbeitsstelle vorbeikam, begrüßte sie mich mit: „Ihr Urlaub war wohl sehr anstrengend habe ich gelesen!"

Ich blieb stehen. Spiele deine Rolle sagte ich mir: „Ja und wie! Männer halt eben!" Und ich stolzierte davon. Es war viel leichter, eine Rolle zu spielen, als tatsächlich man selbst zu sein.

„Das Konzert war wohl der Hammer – in jeder Beziehung, nicht wahr, Mara?" Petra wartete schon auf mich, offensichtlich, um mich klein zu machen.

„Danke Petra für deine Anteilnahme. Es war tatsächlich hart. Aber Promis haben einen enormen Vorteil: Fantasie und Gefühl. Damit können nur wenige normale Männer aufwarten!" Ich wusste, dass Petras Mann total verschossen in Petra war, jeden Wunsch von ihren Augen ablas, aber Petra ihn dafür mehr als langweilig empfand. Er schlief gerne und legte kaum Wert auf das Äußere, jedenfalls nicht auf seins. Petra entgegnete nichts mehr.

Karin konnte nur erstaunt herausbringen: „Mara, du bist ganz anders geworden!"

Ich stockte. Es stimmte. Sie hatte Recht. Endlich konnte ich zurückschlagen. Jetzt war ich wer – egal, ob im positiven oder negativen Sinn. Ich war wichtig geworden.

Das durfte doch nicht wahr sein! Und schon hatte ich mich geändert und benahm mich arrogant.

„Entschuldigung, Karin!", sagte ich nach einer kurzen Überlegung. „Ihr habt ja Recht. Das Ganze ist einfach nur verrückt und auch etwas kindisch! Mein Vater ist gestorben und ich lenke meine Gefühle in den pubertären

Schwarm für einen Sänger um. Und habe, habe…!" Mara sag jetzt bloß nichts Falsches, dachte ich nur noch in meinem plötzlichen Anflug von Ehrlichkeit, "...habe halt Riesenglück gehabt, meinen Schwarm auch persönlich nahe kommen zu können. Es ist verrückt und unheimlich anstrengend!"

Petra schaute mich an. „Mara, es tut mir leid, dass wir dich so geneckt haben. Die ganze Situation ist grotesk!"

Ich nickte. „Ja, es ist einfach verrückt. Mein Leben ist momentan verrückt, irgendwie nicht mehr real!" Kaum hatte ich dies zugegeben, schellte mein Telefon auf meinem Schreibtisch.

Ich sah, dass der Anruf von der Zentrale unserer Firma kam.

„Fortein!", meldete ich mich.

„Frau Fortein. Hier sind Fotografen und Reporter, die…!"

„Oh, nein! Lassen Sie sie bloß nicht in das Gebäude", stieß ich hervor. Ich ließ sie gar nicht ausreden. Nachdem ich den Telefonhörer regelrecht aufgeworfen hatte, rannte ich zu unserem Empfang.

„Da ist sie!" So wurde ich schon von schätzungsweise zwei duzend Reportern mit ihren Fotografen empfangen.

„Was soll das? Das hier ist privat, meine Arbeitsstelle!", brüllte ich sie an. Früher vor dem Treffen mit Kyle hätte ich blind darauf gewettet, niemals so heftig werden zu können. Ich, die ruhige, zurückhaltende graue Maus, nahm es jetzt mit der Presse auf.

„Frau Fortein, warum arbeiten Sie noch? Sie sind doch mit dem berühmten Kyle zusammen?"

„Was für eine Frage! Und die Antwort geht Sie nichts an!", entfuhr es mir unbedacht. „Raus hier!"

„Was sagt Ihre 14-jährige Tochter dazu? Wird sie von ihren Schulkameraden deswegen gehänselt?"

„Lassen Sie bloß meine Tochter in Ruhe!", fauchte ich jetzt wie eine Katze.

„Ihre Tochter war auch auf dem Konzert. Was sagte sie zu Kyles Verhalten?", bohrten die Reporter unberührt weiter.

„Wagen Sie es nicht, meine Tochter zu belästigen!" Einen Moment war Ruhe. „Ansonsten werde ich Sie verklagen. Der Manager von Kyle hat genug Erfahrung mit der Presse, so dass ich den Prozess auch sicher gewinnen werde!", wagte ich, einfach zu behaupten. Ron würde bestimmt weiterwissen. Ich wollte in jedem Falle meine Tochter schützen.

„Von mir werden Sie hier auch keine Kommentare bekommen!" Inständig hoffte ich, dass würde reichen, um die Presseleute zum Aufgeben zu bewegen.

Es funktionierte. Sie sahen mir wohl meine Entschlossenheit an. Mir war die ganze Angelegenheit sehr peinlich und der Rummel zu viel. Die Presse gehörte in mein Doppelleben, nicht in dieses hier. Es passte nicht hierein, es gehörte nicht zu mir.

Als ich ziemlich erschöpft wieder in mein Büro kam, hörte ich Petra zu Karin sagen:" Mara kann einem Leid tun. Aber das hat sie sich wohl alles selbst eingebrockt!"

Die nächsten Wochen verliefen ruhig und ich war auch sehr froh darüber. Ron meldete sich sowieso nur, wenn er mir einen neuen Termin mitteilen wollte.

Aber nach drei Wochen kam dann doch wieder ein Brief von Kyle an. Bevor ich ihn öffnete genoss ich den Moment der Erwartung, was wohl darinstände und wie seine Handschrift aussähe. Ich drehte den Brief zwischen meinen Händen. Meine Tochter wurde immer nervöser.

„Öffne ihn doch endlich!"

„Ich will nicht so recht!"

„Soll ich das für dich machen?", bot mir meine Tochter natürlich völlig uneigennützig an.

„Nein, das mache ich schon selbst!" Ich roch an dem Brief und hoffte, Kyles Aftershave riechen zu können. Es roch jedoch nur nach Autoreifen und Benzin. Langsam holte ich ein Messer und öffnete den Brief liebevoll langsam. Genüsslich faltete ich das weiße DINA-4-Blatt auf.

Als erstes sah ich Kyles Handschrift. Ich wünschte mir, ich wäre ein Graphologe. Die Schrift war groß, leicht schnörkelig und ausgeschrieben. Sie wirkte auf mich selbstsicher, zielstrebig und künstlerisch.

Ich las leise: „Liebe Mara, es ist sehr viel los in New York, seit wir in der Zeitung und in den Nachrichten waren. Ich bekomme viele Fanbriefe und auch mehr Talkshow-Anfragen als früher. Aber keine Angst, ich werde meine deutsche Freundin nicht noch einmal so schnell betrügen!" Ich grinste.

In Gedanken sah ich Kyle auflachen, sein bubenhaftes, fesselndes Lachen. Ich las weiter:

„Der Rummel wäre dir vermutlich zu viel. Ich brauche ihn. Ich liebe ihn. Danke, meine Freundin! Vermutlich sehen wir uns erst zu meiner Geburtstagsfeier im November wieder. Dort kannst du meinen Jugendfreund Cole kennen lernen. Er arbeitet seit vielen Jahren schon in Deutschland und ihr könnt euch dann besser unterhalten. Du brauchst mir nicht zu antworten. Ich bin kaum zu Hause. Ich freue mich schon darauf, dich wiederzusehen! Kyle"

Der letzte Satz war in Deutsch. Süß! Wie liebevoll der Brief geschrieben war. Typisch Kyle. Trotz seiner Ellbogen, die er im Showbusiness zweifellos brauchte, war er privat ein weicher, sympathischer Mensch geblieben. Aber er war leider nur auf seinen Erfolg aus, nicht auf eine ernsthafte Beziehung. Vor allem nicht mir!

Natürlich wusste ich längst, dass er am fünften November Geburtstag hatte. Ich würde mir jetzt schon Urlaub nehmen. Ich freute mich auch auf seinen Freund Cole. Endlich jemand, der sowohl Kyle als auch mich als Deutsche verstehen würde. Vielleicht konnte ich dem Jugendfreund auch ein paar Geheimnisse über Kyle entlocken. Ich schüttelte den Kopf. Offensichtlich hielt ich noch immer an einem kleinen Faden fest, der mich und Kyle doch noch zusammenbringen würde.

Zwei Wochen vor Kyles Geburtstag meldete sich Ron telefonisch bei mir.

„Hi, Mara, wie geht es dir!"

„Super!", antwortete ich fröhlich. „Und dir?"

„Gut, wie immer!" In seiner Stimme hörte ich ein Lächeln.

„Wir feiern am fünften November Kyles Geburtstag. Eine große Party mit allen wichtigen Kontakten ist geplant. Es wäre hilfreich für Kyle, wenn du als seine Freundin auch da wärst."

„Lädst du mich etwa dazu ein, Ron?"

„Nein!"

„Nein?"

„Kyle lädt dich dazu ein!"

„Und du?"

„Ist dir das wichtig?"

„Ja, sonst würde ich nicht fragen!"

„Wie ich zu dir stehe, weißt du doch inzwischen dank Kyle!", die Stimme war jetzt eiskalt.

„Ron, es tut mir leid!"

„Okay. Wir leiden beide. Da wir erwachsen sind, werden wir es wohl in den Griff bekommen, oder?"

„Natürlich!"

„Flugtickets kommen per Post und auch die Hotelangabe. Ich hätte noch eine Frage...!", Ron stockte unsicher.

„Du fragst mich etwas. Wow!", mein bissiger Kommentar dazu.

„Es wäre besser für Kyle und seinen Ruf, wenn ihr zusammen ein einziges Zimmer nehmen würdet. Wäre es für dich OK?"

Nun stockte ich. Ich kämpfte mit mir. Ich würde mit Kyle eine, wenn auch nur kurze Geburtstagsnacht im selben Hotelzimmer verbringen. Könnte ich es ertragen, nur einfach neben ihm zu liegen. Wie würde es mir gehen, wenn mehr zwischen uns passieren würde. Ich schüttelte so leicht den Kopf, dass kein Schaben am Handy zu hören war. Nein, Kyle und ich kuschelnd – eine unmögliche, wenn auch äußerst erregende Vorstellung.

„Mara, bist du noch dran?", Ron wirkte auch sehr unsicher.

„Ja!"

„Ich dachte eigentlich, du würdest dich darüber freuen!"

„Freuen ist zu viel gesagt. Aber OK, ich bin erwachsen. Machen wir das, was für Kyle das Beste ist!"

„Dann wäre das geklärt", Ron hatte wieder seinen Geschäftston aufgelegt.

„Bis in zwei Wochen!"

„Tschüss, Ron!"

Es klickte. Ron hatte aufgelegt. Er tat mir leid. Letztlich litt er genauso wie ich es bei der Trennung von Kyle tun würde, falls es tatsächlich so weit käme. Einen Moment stellte ich mir vor, ich hätte mit Ron eine Nacht ein gemeinsames Zimmer. Ron wirkte weder liebevoll noch weich oder romantisch. Er war durch und durch Geschäftsmann, wenn auch ein sehr kompetenter. Ich schüttelte mich. Vermutlich müsste ich die Heizung hochdrehen und mich gut zudecken, um neben Ron nicht zu erfrieren oder von seinen spitzen Bemerkungen erstochen zu werden.

Mein Flug nach New York ging am Donnerstag (5.11) morgens um 8:00 und mein Rückflug war am darauffolgenden Tag um 20:00 Uhr abends geplant. Die Party sollte nach amerikanischer Zeit um 18.00 Uhr am Donnerstag beginnen Typisch Ron! Auf die Idee, dass ich als Frau vielleicht nicht mehr so spät mit der Bahn nach Hause fahren wollte, kam er nicht. Glücklicherweise konnte ich hervorragend während der langen Flüge schlafen, sonst hätte ich den engen Terminplan von Ron kaum durchgehalten. Oder wollte Ron etwa nur verhindern, dass ich noch eine zweite Nacht mit Kyle in einem Zimmer übernachtete? Eigenmächtig und auf meine Rechnung buchte ich ein Einzelzimmer in demselben Hotel auch noch für Freitagnacht und bekam einen Rückflug für den Samstagnachmittag. Was hatte ich für ein Glück, dass die kurzfristige Nachbuchung so reibungslos funktionierte. Ich freute mich auf dieses längere Wochenende in New York und ahnte nicht im Geringsten, was mich diesmal dort erwartete.

Inzwischen war ich es gewohnt, vom New Yorker Flughafen mit einem Chauffeur abgeholt zu werden. Mir war klar, dass Kyle und Ron mit den Partyvorbereitungen vollauf beschäftigt waren. Ich genoss die Fahrt durch die New Yorker Innenstadt. Ich fand New York immer wieder aufregend! Zum Glück wohnte Kyle nicht direkt in dieser Stadt. Dadurch kam ich in den einmaligen Genuss, mit ihm ein Hotelzimmer nehmen zu dürfen. Was war ich aufgeregt!

Susan empfing mich schon vor der Tür eines riesigen Hotels, als das Taxi anhielt. Ich mochte sie sehr. Susan war immer genauso professionell wie Ron und dabei so fröhlich wie Kyle. Und wieder sah sie umwerfend aus! Susan sprudelte mir irgendetwas entgegen. Inzwischen war ich gut in Englisch geworden, aber bei Susans Redegeschwindigkeit und ihrem amerikanischen Akzent setzte mein Gehirn einfach aus. Ich lief mit ihr mit und war gespannt, was mich heute erwarten würde.

Susan rannte so schnell vor mir her, dass mir bald die Puste ausging, während ich ihr hinterherjagte. Nun hatte ich schon fast dreißig Kilogramm abgenommen und war auch regelmäßig auf dem Hometrainer, aber mit Susan hielt ich nicht mit. Das Showbiz war nicht nur kurzlebig, sondern auch oder vielleicht auch gerade deswegen, äußerst schnellläufig, stellte ich fest. Leider konnte ich den Prunk dieses teuren Hotels so nicht erfassen. Als wir endlich im Schminkraum angekommen waren, sah ich schon Kyle dort sitzen.

Er durfte sich offensichtlich nicht bewegen, da er gerade von einem Visagisten verschönert wurde. Aber als ich ihn durch seinen Spiegel ansah, zwinkerte er mir wortlos zu. Kyle hatte eine Verschönerung oder Schminke gar nicht nötig, fand ich. Aber ich war ja nicht von dieser Welt.

Susan deutete auf einen freien Stuhl ein Stück weit weg von Kyle. Wow, meiner! Ich setzte mich. Sofort rannte Susan zu mir, legte mir einen Umhang um und fummelte an meinen Haaren und meinem Gesicht herum. Ich schaute nicht in den Spiegel. Ich wollte mich überraschen lassen. Wo hatte Susan nur diese Energie her? Vielleicht, weil ihr der Beruf Spaß machte? Vielleicht, weil Leute mit weniger Energie es gar nicht so weit wie Susan, Kyle und Ron geschafft hätten? Mir dämmerte, dass meine zweite Vermutung wohl eher passte. Was suchte dann ausgerechnet ich hier? Und ich wollte unbedingt hierbleiben – in meinem Doppelleben!

Plötzlich stand Ron neben mir.

„Hi, Mara! Du wirkst so angespannt. Gefällt dir etwas nicht?"

„Es ist alles perfekt! Hallo, Ron!"

Ron zog sich einen Drehstuhl ohne Lehne heran. Susan knurrte. Er störte sie offensichtlich.

Ron sagte zu ihr: „Sorry, Susan. Aber ich will Mara nur kurz den geplanten Ablauf von heute erklären!"

„Das ist ja ganz neu! Ich erfahre mal etwas, bevor die Journalisten auftauchen?"

Ron lachte wieder. „Schön, dass du dich nicht verändert hast! Sonst hätte mir auch etwas gefehlt!"

„Nun schieß schon los!", ich wollte nicht an Rons Gefühle für mich erinnert werden. Ich wollte davon nichts wissen.

„Um 6.00 heute Abend Uhr fängt der Zirkus hier an."

„Ein bisschen dauert es also noch!", entgegnete ich.

„Ja! Vorher werdet ihr ein Interview mit den Journalisten führen. Über eure Freundschaft, dass du so glücklich bist und halt den ganzen Emotionalkram. Danach schwebst du und Kyle händchenhaltend über die Vordertreppe als erstes ein. Ihr werdet dort auch fotografiert."

„Und wo bist du, Ron?", rutschte mir heraus.

„Das braucht dich nicht zu interessieren! Sei du einfach natürlich und himmele deinen Kyle an. Dann sind wir alle zufrieden!"

„Ron?"

„Ja, Mara? Noch Fragen?"

„Es tut mir leid für dich! Aber es ist doch eigentlich nur eine Show, Kyles und meine Freundschaft!"

„Ist es das wirklich noch? Für dich wohl nicht!"

Darauf konnte ich nicht antworten. Er schien mich zu gut zu kennen.

„So!", Ron stand ruckartig auf. „Das, was du wissen musst, weißt du jetzt. Wir sehen uns später auf der Feier. Beachte, es sind viele wichtige Personen für Kyle da. Du kannst dich gerne herausreden, dass du nicht so gut Englisch kannst, wenn etwas schiefläuft!"

Ich nickte.

„Ach, ja! Cole, Kyles Jugendfreund ist heute auch da. Er spricht sehr gut Deutsch und arbeitet schon länger in Deutschland. Ich denke, ihr werdet viel gemeinsam haben."

„Danke, Ron!"

Ron schob den Drehstuhl weg und ging.

Ich schaute unsicher zu Kyle herüber. Er unterhielt sich wieder äußerst temperamentvoll mit seinem Visagisten und hatte von unserem Gespräch nichts mitbekommen.

„Du liebst Kyle wirklich sehr!", Susan sah mich ernst an.

„Es ist verrückt! Ich bin doch schon eine erwachsene Frau und aus einer anderen Welt!", versuchte ich ihr meine Gefühle begreiflich zu machen.

Susan puderte weiter an mir herum. „Ja, Mara! Kyle ist etwas ganz Besonderes. Trotz seiner Niederlagen und Kämpfe ist er einfach noch er selbst. Für ihn ist sein beruflicher Erfolg das Wichtigste, wie für alle in unserem Showbusiness. Aber er ist auch noch Mensch und herzlich und noch immer wahnsinnig gutaussehend!"

Ich schaute sie an. „Susan, du hörst dich an, als ob auch du…?"

„Ja. Diese Welt ist voller Emotionen. Ja, ich habe mich auch in ihn verliebt und bin noch immer nicht ganz darüber hinweg."

„War mal was zwischen euch?", fragte ich neugierig, wollte die Antwort aber lieber doch nicht wissen.

„Ja! Kyle war schon immer sehr beliebt und hatte auch immer mal Affären und Freundinnen. Ich gehörte eine zeitlang auch dazu. Wie auch du!"

„Na ja!", rutschte mir heraus. Außer einem Kuss war da noch nichts gewesen, was man als Affäre hätte bezeichnen können.

Susan grinste mich wissend an. Sie schien mehr mitzubekommen, als ich bisher angenommen hatte. „Nach außen wirkt eure Beziehung schon wie eine Affäre. Und, wer weiß was heute in eurem gemeinsamen

Hotelzimmer geschehen wird?" Susan zwinkerte mir zu. Ich liebte sie dafür, dass sie mir Hoffnungen machen wollte, obwohl sie selbst noch in Kyle verliebt war.

Und sie machte mich schön! Als sie endlich nach zwei Stunden fertig war, erkannte ich mich gar nicht selbst mehr. Die Kleidung, die sie für mich ausgesucht hatte, war umwerfend. Ein lindgrünes Kleid mit Bolero. Es glitzerte, war ernsthaft, aber dennoch verspielt. Es verdeckte meine restlichen überflüssigen Pfunde und wirkte edel. Mein Gesicht – wie gut ich aussah. Meine Augen leuchteten wie Sterne. Meine Haare waren kunstvoll, aber sehr weiblich hochgesteckt.

„Cinderella geht mit ihrem Prinzen auf den Ball", sagte ich. „Oh danke, Susan!" Ich wollte sie umarmen, dachte am im letzten Augenblick daran, dass ich schon fertig gestylt war. Susan lachte: „Ich mag dich! Schade, dass es irgendwann zu Ende ist!" Ich schaute sie gerührt an.

Es dauerte noch etwas bis zu dem Treff mit den Journalisten. Ich hatte das Gefühl, wie ein Känguru herumspringen zu müssen, so aufgeregt war ich. Stattdessen holte ich mir jedoch schon einmal meinen Zimmerschlüssel und begab mich auf das Hotelzimmer. Als ich aufschloss, hörte ich zwei männliche Stimmen. Eine war von Kyle. Und die andere? Neugierig stürzte ich ins Hotelzimmer.

Kyles Anblick nahm mir den Atem. Er stand da, nur noch mit einer Hose bekleidet. In der Hand hatte er eine Tasse Kaffee.

„Ich dachte, du bist auch schon fertig gestylt, Kyle!", sagte ich verwirrt.

„Ja, aber ich wollte noch einen Kaffee trinken und nicht riskieren, Flecken auf meinem Sakko oder Hemd zu hinterlassen!" Kyle lachte wieder fröhlich und wies auf den Mann neben ihm „Das ist Cole, mein langjähriger Freund!"

Ich erstarrte. Auch Cole sah umwerfend auf. Er hatte kurze, blonde Haare, war schlank, muskulös und wirkte absolut männlich. Cole lächelte, als er sah, wie ich ihn mit offenem Mund musterte. Sein Lachen ähnelte Kyles Lachen. Ich mochte diese kleine Ähnlichkeit nicht. Kyle war doch einzigartig!

„Hi, Mara! Du bist wohl auch Kyle verfallen? Da habe ich mal wieder mal keine Chance?" Cole sprach akzentfreies Deutsch! „Warum wollen alle Mädels denn immer nur Kyle?" Cole verzog das Gesicht verspielt weinerlich.

„Entschuldigung, Cole! Schön, dich kennenzulernen!" Nun hatte ich meine Stimme wiedergefunden. „Du siehst auch großartig aus, aber..."

„Kein Problem, Mara! Ich habe mich inzwischen mit dem zweiten Platz abgefunden, wenn ich mit Kyle zusammen bin. Darum musste ich auch weit weg nach Deutschland ziehen: um endlich mal von Frauen beachtet zu werden." Cole stupste Kyle vertraulich an, dessen Kaffee bei diesem Stoß fast überschwappte.

Ich nickte nur verlegen.

„Willst du auch einen Kaffee?", fragte mich Kyle.

„Ja, danke!", murmelte ich und freute mich schon auf den warmen Becher, an dem ich mich in dieser Verwirrung festhalten konnte.

„Da du auch schon gestylt bist und Susan sehr unangenehm werden kann, wenn man Flecken macht, solltest du dich besser auch ausziehen!", Kyle schaute mich herausfordernd an. Meinte er es etwa ernst? So einer war er also! Kaum waren wir unter uns, da legte er los!

Unentschieden trampelte ich von einem Bein auf das andere.

„Mara, du bekommst sicher auch angezogen deinen Kaffee. Mein Freund liebt es, nette Frauen in Verlegenheit zu bringen!"

Ich lachte erleichtert. „Das hätte ich mir eigentlich denken können!"

Cole hielt mir einen Kaffee entgegen. Anscheinend hatten sie genug von diesem leckerduftenden Getränk in der zimmereigenen Kaffeemaschine gekocht. „Schwarz, mit Milch, mit Zucker, mit beidem oder mit einem süßen Kuss?", fragte Cole schelmisch auf Deutsch.

Diesmal wollte ich mitspielen, nicht mehr die verklemmte Frau aus Deutschland sein.

„Ein Kuss wäre toll, aber...!" und schon hatte mich Kyle an sich gezogen und küsste mich kurz, aber stürmisch. Ich spürte seinen nackten Oberkörper und dachte absurderweise an meinen Lippenstift, der jetzt verwischen könnte.

Als er mich losließ, hielt Cole noch immer den Kaffee in der Hand.

„Jetzt nehme ich ihn lieber schwarz!", sagte ich verwirrt, während ich Cole den Kaffee abnahm.

„Mara ist wirklich süß! Mal was ganz anderes!", lachte Cole.

„Ja, sie kommt auch sensationell überzeugend in den Medien herüber!" Kyle nickte zustimmend.

„Aber sie ist ja schon vergeben!" Cole schaute mich nun fragend an.

„Noch so ein Gigolo!", knurrte ich leise. Es war ein Geplänkel zwischen zwei Freunden, die sich gut verstanden, mehr nicht.

„Jetzt siehst du mal, dass Deutschland mindestens genauso schöne Frauen wie die USA vorweisen kann!", Cole starrte mich an.

„Und warum bist du dann noch Single, Cole?", scherzte Kyle.

„Du schnappst mir doch alle tollen Frauen weg!"

„Kann nicht sein, ich war bis vor kurzem selbst noch Single!", Kyle drehte sich zu mir um.

Auch Cole sah mich an. Lachend sagte er: „Wenn ich Mara in Deutschland begegnet wäre, vielleicht hätte sie dann schon unseren Nachnamen!"

Kyle kniete sich überdreht vor mich hin, hielt meine Hand und sagte: „Mara, willst du die Frau meines besten Freundes werden?"

Mich beschlich ein ungutes Gefühl. Kyle wollte mich doch nicht etwa mit seinem Jugendfreund verkuppeln? Aber, dann wäre ich Kyle immer nahe, wenn auch nur als Freundin des Freundes. Schwachsinn!

„Typisch Jungs!", sagte ich lachend. „Die kommen aus ihrem Kindergartenspielalter auch nie heraus!"

„Willst mich wohl nicht?", stänkerte Cole noch ein wenig nach.

„Ich kenne dich doch gar nicht!", antwortete ich.

„Das kann man ändern! Der heutige Abend wird lang!" Cole zwinkerte mir verschwörerisch zu. Kyle war gerade dabei, sich wieder anzuziehen. Er hatte es nicht bemerkt und selbst wenn, wäre es ihm nicht wichtig gewesen. So leichtlebig war das Showbusiness.

Als Kyle sich wieder perfekt gekleidet hatte, verließen wir drei unser Hotelzimmer. Es wurde langsam Zeit, sich auf das Treffen mit den Journalisten vorzubereiten.

„Wo wart ihr bloß?", Ron kam im Foyer des Hotels mit großen Schritten auf uns zugelaufen.

Ich schaute ihn verwundert an. Es war das erste Mal, dass ich ihn aufgeregt erlebte. Irgendetwas schien wohl nicht so perfekt zu laufen, wie er es sich vorgestellt hatte.

„Mara, Kyle! Die ersten Reporter sind schon da!", ein böser Blick von Ron streifte mich.

„Ron, immer mit der Ruhe! Unser Pressetermin war doch erst in einer halben Stunde geplant?", Kyle antwortete ruhig wie immer.

„Ja, aber der heutige Tag ist zu wichtig für deine Karriere, als dass du dich irgendwo verdrücken kannst.", Ron schrie geradezu. Ich zuckte unsicher zusammen.

„Ron. Alles OK?", jetzt schaltete ich mich ein. „Kyle ist fantastisch vor der Kamera. Wovor hast du Angst?"

Ron funkelte mich wütend an. „Du hast doch gar keine Ahnung! Wenn irgendetwas schiefläuft, waren unsere ganzen Bemühungen vergeblich!"

„Ja, Ron, Du hast Recht. Ich verstehe es nicht. Kyles Fangemeinde hat sich vergrößert, ebenso sein Beliebtheits- und Bekanntheitsgrad. Das habt ihr mir doch erzählt. Selbst, wenn etwas schieflaufen sollte, dann…!"

Kyle ließ mich nicht ausreden „Mara- Liebes, das nennt man Lampenfieber. Ron steht zwar nicht direkt vor der Kamera, aber er fühlt sich für alles verantwortlich. Wenn wir Mist bauen oder etwas nicht richtig läuft, hat er in seinen

Augen versagt. Nach diesem Abend ist er wieder der Alte. Viele im Musikgeschäft verhalten sich vor wichtigen Öffentlichkeitsauftritten ähnlich. Lass ihn einfach reden."

Ich sah Ron an. Er nickte. Was war mir diese Welt bloß immer noch fremd!

Ich selbst spürte kein Lampenfieber. Das bedeutete: ich war sowieso jedes Mal so aufgeregt, wenn ich in New York war, dass das Lampenfieber in diesem Klumpen von Aufregung in mir einfach unterging.

Wie ein kleiner Fisch, der sich einfach dem Schwarm anschließt, trottete ich Ron und Kyle hinterher, die sich nun unterhielten. Cole lief neben mir her.

„Mein Gott, was für eine fremde Welt!", sagte ich zum ihm, um nicht einfach nur so dumm hinter den beiden anderen herzulaufen.

„Ja, ich käme darin nicht zurecht!"

„Ich komme mir hier wie ein Baby vor, das erst einmal laufen lernen muss!", lachte ich.

„Ja, das glaube ich!"

„Besuchst du Kyle häufiger?", ich setzte den Smalltalk fort.

„Eigentlich meistens nur an seinem Geburtstag. Wir sind beide immer sehr beschäftigt und der New York ist ziemlich weit von Deutschland entfernt!"

„Was machst du eigentlich beruflich, Cole?"

„Ich habe eine Computerfirma in Essen. Studiert habe ich in den USA, so etwas Ähnliches wie Informatik."

„Wow. Ich habe auch studiert: Betriebswirtschaft! Jetzt arbeite ich als Buchhalterin", endlich mal ein normales, deutsches Gespräch.

„Eine Buchhalterin suche ich gerade in meiner Firma. Wir sind inzwischen 24 Mitarbeiter und es fällt immer mehr lästiger kaufmännischer Kram an. Wo wohnst du in Deutschland?"

„In Waltrop. Hört sich gut an. Viel Arbeit ist immer gut."

„Wann kannst du bei mir anfangen?", Cole zwinkerte mir zu. Er hatte, genau wie Kyle, etwas bubihaftes, wenn er auch wesentlich älter wirkte.

„Nicht vor dem Gespräch mit den Journalisten!", klinkte sich Ron auf Englisch in unser deutsches Gespräch ein. Er hatte wohl einiges von unserem Gespräch verfolgen können.

Ich schaute mich um. Wir standen vor einer großen Holztür. Dahinter hörte man lautes Stimmengewirr.

„Wie viele Journalisten warten denn auf uns?"; fragte ich nun doch etwas verunsichert.

„So viele, dass ihr jetzt gefällig da herein geht und das liebende Paar spielt!", Ron war kühl wie immer. „Mara, dir sollte da ja nicht schwerfallen!"

„Wenn du mich so nett darum bittest, werde ich mein Möglichstes tun, Darling!" Ich warf Ron einen gekünzelten Augenaufschlag zu.

Kyle lachte laut auf. „Ihr beide wärt als Pärchen viel interessanter als Mara und ich!"

„Komm, Kyle!", eigentlich sprach ich mir damit mehr Mut zu als Kyle. Er wirkte nie so richtig angespannt oder aufgeregt. Er war der geborene Medienmensch!

Kyle legte den Arm um mich. Er flüsterte mir ins Ohr: „Ich liebe dich!" Ich wusste, dass er es nur tat, um mich in die richtige Stimmung zu bringen. Aber ich merkte förmlich, wie meine Augen zu strahlen begannen und meine Wangen glühten.

Kyle öffnete mit der anderen Hand die Tür und schob mich galant in den Raum. Es war stickig dort, hell, verwirrend und laut. Ich hatte die Orientierung verloren und griff nach

Kyles Arm, um ihm das zu signalisieren. Er verstand mich und führte mich zu einem kleinen beleuchteten Podest.

Kyle löste die Hand von mir. Er redete immer mit dem ganzen Körper. Das war sein Markenzeichen, sein betörendes Temperament. Er hob die Hand, damit die Reporter auf ihn achteten und ruhiger wurden.

„Mara und ich freuen uns sehr, dass Sie gekommen sind, um mit uns zu reden und etwas über uns zu berichten. Mara kommt nicht aus dem Showbusiness und ist daher ziemlich überwältigt von all diesem hier!" Kyle schaute mich liebevoll an.

„Oh ja!", antwortete ich laut.

„Also bitte ich Sie, es ihr nachzusehen, wenn sie nicht so ganz professionell mit Kameras und Interviews umgehen kann, wie wir anderen hier." Allgemeines Nicken war die Antwort.

„So, dann legen Sie mal los. Ich freue mich schon den ganzen Tag darauf!"

Der erste Reporter hielt mir sein Mikrophon vor die Nase: „Mara, was lieben Sie an Kyle?"

„Seine Wärme, seine Natürlichkeit, seine Menschlichkeit."

„Sind Sie jetzt mit Kyle ein Paar?"

„Ja! Ich bin total glücklich!"

„Sie sehen auch großartig aus. Haben Sie für ihn abgenommen?"

„Für Kyle musste ich nicht abnehmen. Aber es ist erstaunlich. Die traumhaften Erlebnisse mit Kyle, die Liebe und all das haben mich genug gesättigt. Die Abnahme kam dann von selbst!"

Kyle drückte mich an sich.

„Kyle, ist Mara ihre Traumfrau?"

„Definitiv. Sie ist sehr natürlich und hat einen wahnsinnigen Charme. Unsere Beziehung läuft einfach fantastisch!"

Nun nahm er mich in den Arm, lächelte mich an und wandte sich erst wieder ab, als die Fotografen einige Bilder geschossen hatten.

Kyle musste dann noch einige Fragen zu seinen ausstehenden Konzerten, Projekten und seinem Album „Kyle for Fans" beantworten. Ich schaute derweil grinsend wie eine Wachspuppe abwechselnd in die Reportermenge und Kyle an. Ich versuchte, locker zu stehen, fühlte mich aber steif wie ein Bügelbrett. Langsam wirkten die Blitzlichter, das Stimmengewirr, die uns bestrahlenden Lampen und die Mikrofone wie Drogen auf mich. Ich wankte leicht und hielt mich erneut nervös an Kyle Arm fest.

„Wie süß!", hörte ich einen Fotograf rufen und alle Kameras richteten sich auf mich.

„Sagte ich es Ihnen nicht, Mara ist noch ein wenig fremd vor den Kameras." Kyle lachte auf, es war ein echtes Lachen. „Du bist wirklich süß, Mara!", raunte er mir zu.

Langsam packten die Fotografen ihre teuren und riesig großen Kameras und Filmgeräte zusammen. Die Reporter verstauten ihre Mikrofone und zogen an den Kabeln. Sie schienen sehr zufrieden.

„Vielen Dank und kommen Sie gut durch den New Yorker Verkehr!", Kyle hatte sich verabschiedet und ich nickte nur dazu. Wir verließen den Raum. Draußen wartete Ron auf uns, wieder absolut cool und überlegen.

„Ist ganz gut gelaufen", sagte er. Ich unterdrückte diesmal eine spitze Bemerkung. Ich wollte meine gute Laune nicht verderben.

Cole war auch da. „Hey, Mara. Wie gerne hätte ich mit dir da gestanden. Du warst echt süß!"

Hatte sich Cole etwa in mich verliebt? War das wirklich möglich? Vor ein paar Monaten war ich doch eine graue Maus. Susan hatte aus mir auch eine schöne Frau gemacht. Aber auch Ron hatte sich in mich verliebt. Und das, als ich noch dreißig Kilogramm schwerer und wesentlich unscheinbarer war. Die Showwelt gefiel mir immer besser!

Das Einmarschieren in die Festtagshalle händchenhaltend mit Kyle und die anschließende Geburstagsparty war dagegen für mich schon ein bekanntes Terrain und unproblematisch. War ich doch früher nie gerne fotografiert worden, so genoss ich es inzwischen, im Mittelpunkt zu stehen. Ich war nicht mehr ich selbst, ich war eine Rolle, die ich verkörperte. Ich stand stellvertretend für alle Fans, die sich diesen Traum einmal wünschten,

Die sogenannte Party war im Grunde nur ein Sich-Bekannt-Machen, Kontakte knüpfen, Termine vereinbaren. Ich beobachtete Ron und Kyle, die sehr engagiert und hochkonzentriert mit Personen sprachen, gestikulierten, lachten und sich gut verkauften.

Zu dieser Party waren auch weitere nicht mehr so junge weibliche Fans eingeladen, die ihr Eintrittsticket über die Fanseite gewonnen hatten. Kyle kümmerte sich rührend um diese Fans, ließ sich mit ihnen fotografieren, besorgte ihnen Getränke und redete lange mit ihnen. Er vermied es natürlich, diese Fans auf mich aufmerksam zu machen. Ich hielt mich auch zurück. Langsam wusste ich, was von mir erwartet wurde. Erstaunlicherweise war ich in keiner Weise eifersüchtig. Wir Fans saßen allen im selben Boot, ich vielleicht etwas weiter vorne, aber letztlich ruderte auch ich immer noch Kyle hinterher. Ich gönnte ihnen die Momente, in denen sie glaubten, Kyle fast erreicht zu haben vom Herzen. Aber das alles war nur eine optische Täuschung. Tatsächlich würde ich und auch sie Kyle vermutlich nie einholen können.

Cole blieb den ganzen Nachmittag und Abend bei mir. Auch er kannte wohl niemanden sonst auf der Party und wir unterhielten uns ausgezeichnet. Es wurde zunehmend ein lustiges Gespräch, wobei wir mit der deutschen Sprache spielten und flirteten. Das war mir in Englisch nie möglich gewesen, obwohl ich mich langsam flüssig mit Kyle, Ron oder auch Susan unterhalten konnte. Ich bekam immer deutlicher das Gefühl, dass sein Arbeitsangebot ehrlich, seine Absichten aber eher unmoralisch waren. Er brachte mir immer wieder ein Glas Sekt mit und rutschte näher an mich heran. Angeblich könne er mich sonst bei dieser Lautstärke nicht verstehen.

Es musste schon weit nach Mitternacht gewesen sein, da fing mein Ohr plötzlich an, zu piepen. Schlagartig war ich nüchtern. Ich wusste, was jetzt folgen würde. Immer die gleiche Prozedur! Meine Ohren klappten zu, der Druck im Kopf verstärkte sich, ich hörte kaum noch etwas und meine Welt um mich herum begann, sich zu drehen. Sie wurde immer schneller, sie drehte sich im Uhrzeigersinn und ich sah nichts mehr.

Ich hörte eine leise, dumpf wirkende Stimme im Hintergrund: „Was ist los, Mara?"

„Nichts Schlimmes. Aber bitte hol Ron!"

„Ich sage eben Kyle Bescheid!"

„Nein, Cole. Bitte hol Ron. Kyle ist beschäftigt!" Ich konnte mich kaum noch am Tisch festhalten. Ich hatte keine Orientierung mehr. Es war fürchterlich.

„Mara! Was ist los? Hast du zu viel getrunken?" Endlich: Rons Stimme!

„Ron! Ich kenne das. Es war heute wohl zu anstrengend für mich. Bitte bringe mich hier heraus!" Ich spürte eine Hand auf meinem Arm. Ron würde schon wissen, was zu tun ist.

„Mara, das kann ich nicht machen. Du bist offiziell mit Kyle zusammen." Ron schien einen Moment nachzudenken, während sich noch immer alles drehte.

„Mir ist schlecht!", murmelte ich.

„Mara, wenn du das Beste für Kyle willst, dann sage, dass dir schon seit Tagen schlecht ist, falls dich jemand darauf anspricht. Sollen die Medien doch rätseln, ob dein kleines Bäuchlein noch nicht abgehungert oder ein Babybauch ist. Es wäre nicht gut, wenn du jetzt betrunken wirken würdest."

Obwohl ich nur einen Teil verstanden hatte, nickte ich. Ron war so weit weg. Alles drehte sich noch immer, ich bekam Panik!

„Ron, bitte hilf mir!"

„Ich hole Kyle!"

Nach einer unendlich langen Zeit, in der mich Cole versuchte, zu beruhigen, hörte ich Kyles Stimme.

„Liebes, was machst du?"

„Kyle, bitte nimm mich in den Arm!" Er tat es. Die Schwindelanfälle ließen nach. Endlich! Ich war total erschöpft und verschwitzt.

„Ich bringe dich hoch. Kannst du im Zimmer noch etwas allein bleiben, ich muss mich hier dann noch verabschieden?"

„Du kannst gerne wieder zur Party gehen und mich allein lassen. Du brauchst dich dann nicht zu verabschieden! Es war ein Zusammenfall, nichts Ernstes."

„Ich bin auch müde und habe alles erledigt. Eigentlich bin ich froh, dass du mir einen Grund lieferst, mich verabschieden zu können.

„Ja, dann…!"

Im Zimmer ging ich gleich ins Bad und duschte mich, nachdem ich die Badezimmertür abgeschlossen hatte. Es ging mir danach viel besser. Mein Gott, warum war ich bloß nicht völlig belastbar. Warum warnte mich dieser Drehschwindel immer wieder, wenn ich etwas tun wollte, was sehr aufregend war. Was war mir das jedes Mal peinlich!

Ich zog mein Nachthemd an, das ich mir extra für die Nacht mit Kyle gekauft hatte. Wie lange hatte ich danach gesucht. Da mir kalt war, zog ich noch einen Bademantel über und schaltete den Fernseher an. Ich wählte einen Musiksender, in dem Oldies gespielt wurden und ließ mich auf einen Sessel fallen.

Ich genoss die Ruhe. Plötzlich hörte ich ein sehr bekanntes Lied. Sein Lied, Kyles Lied, als er noch jung war. Fasziniert starrte ich den Bildschirm an. Wow, die Augen, die Stimme, der Charme. Ich versank fast förmlich im Video.

„Hallo, hier bin ich live. Aber vielleicht gefiel ich dir früher besser?" Ein Lachen ertönte neben mir. Ich fuhr zusammen und schrie auf.

„Bin ich so fürchterlich geworden?"

„Nein!", ich schnappte nach Luft. „Du bist in meinen Augen noch attraktiver geworden, mehr Persönlichkeit, noch mehr Fröhlichkeit…!"

„Ja, das alles hast du mir schon mal erzählt!", unterbrach mich Kyle jetzt sehr ernst und drehte mich zu sich um.

„Meine Freundin!" Er schaute mir warm in die Augen und küsste mich. Nicht für die Reporter, nicht für die Medien, nur für uns.

Er öffnete wortlos meinen Bademantel und zog in mir aus. Langsam, nicht hektisch, sondern mit viel Wärme, Gefühl. Er streichelte mein Gesicht und zog dann mein Nachthemd über meinen Kopf. Ich legte mich auf das Bett. Er zog auch sich aus, ließ aber die Hose an. Ich fieberte dem Moment entgegen, wo ich ihn berühren konnte. Er kam – endlich! – auf mich zu und legte sich neben mich. Er stützte seinen Kopf auf seinen linken Arm und berührte mich mit der rechten. Seine Hand war angenehm warm. Ich berührte ihn, streichelte ihn.

Und plötzlich kam es mir nicht richtig vor!

Kyles Augen ruhten auf mir, sie waren warm, weich, leuchtend braun. Würden seine Augen auch morgen noch leuchten, wenn er mich ansah - danach? Oder würde er mich verachten, weil auch ich nur eines der leichten, billigen Mädchen war, die sich mit ihrem Star bereitwillig einließen. Vielleicht würde Kyle mich nicht verachten, aber Ron würde es sicher. Ich sah Ron vor mir, seine Augen. Er war mir inzwischen genauso wichtig wie Kyle geworden.

„Kyle?"

„Ja, Liebes?" Er schaute mich fragend an.

„Es geht nicht!" Verdammt, ich wolle auch Kyle nicht wehtun, ihn nicht zurückweisen.

„Nein?"

„Ich liebe dich, das weißt du?"

„Ja, ich weiß es!"

„Ich will ehrlich sein. Ich habe das Gefühl, dass es nicht richtig ist, was wir hier machen?"

Kyle setze sich auf.

„Mara. Du hast so viel für mich getan. Ich bin wieder im Gespräch, bekomme Auftritte, Interviews . Das alles wegen dir und unserer Absprache. Du bist in mich verliebt und machst das alles mit: die Fans, meine Untreue während des Konzerts, die Überraschungen von Ron, die Probleme in deiner Arbeitsstelle, von denen du sprachst. Du hast viel mehr als eine Nacht mit mir verdient!"

Nun sprang ich auf. Jetzt wusste ich, was mich bedrückte.

„Ich will das hier aber nicht. Ich will, dass du gerne an mich denkst - dass du vielleicht auch dankbar an mich denkst. Ich wünsche mir so sehr ein Lächeln in deinem Gesicht, wenn du dich an mich erinnerst." Ich sah in seine leuchtend warmen Augen. „Auf keinen Fall möchte ich, dass du daran denkst, dass du deine Schuld an mich mit Sex beglichen hast."

„Das ist keine Begleichung einer Schuld. Ich mag dich wirklich!"

„Das soll auch so bleiben. Du, Ron und Susan sind irgendwie eine zweite Familie für mich geworden. Ich will euch nicht verlieren und vor allem will ich nicht, dass ich mich nachher für mein Verhalten schämen muss!"

„Das ist der erste Korb, den ich von einem Fan bekomme!", grinste Kyle.

„Kyle, das ist keine Zurückweisung. Das tue ich, weil ich die liebe und schätze!"

Kyle wurde ernst. „Ich verstehe dich, Mara. Es ist völlig in Ordnung. Zudem habe ich heute etwas viel Alkohol getrunken und hätte nicht dafür garantieren können, dass ich dich zufrieden stellen kann."

Jetzt grinste ich und schaute auf den Platz an der Hose, an dem eine Frau in dieser Situation normalerweise eine deutliche Wölbung erwartet hätte. Na ja, viel wölbte sich da tatsächlich nicht.

„Hat dich meine Abfuhr so erschreckt, Kyle?", fragte ich ihn augenzwinkernd.

„Ja, Darling!" hauchte er gekünstelt. Theatralisch warf sich Kyle über das Bett, als bräche er gleich unter Tränen zusammen.

„An dir ist ein Schauspieler verloren gegangen!", lachte ich.

„Mara, sorry. Ich mag dich wirklich sehr, aber…!"

„…du liebst deinen Beruf, deine Fans, deine Lieder, die Lichter, die Reporter. Ja ich weiß. Und irgendwie kann ich dich sogar sehr gut verstehen!"

Kyle nickte überrascht.

„Dann mache du mal deinen Schönheitsschlaf. Ich schnappe noch etwas frische Luft. Keine Sorge, ich gehe nur kurz vor die Tür des Hotels, nicht weiter weg! Falls mich einer dort sieht: mir ist seit Tagen schon schlecht!"

„Rons Idee, nicht wahr? Jetzt will er mir noch eine schwangere Freundin unterschieben." Kyle lachte schon wieder herzlich.

„Wessen sonst? Daddy weiß, was gut für uns ist! Bis gleich, Kyle!"

Ich hatte mich inzwischen wieder angezogen, schnappte mir den Schlüssel und verließ das gemeinsame Zimmer. Mein Gott, war ich erleichtert, dass nicht mehr passiert war.

Mir schwante, dass dies meine einzige Chance gewesen war, Kyle körperlich näher zu kommen. Aber das war mir eigentlich nicht mehr so wichtig.

Ganz in Gedanken trat ich vom Aufzug in das Foyer des Hotels und lief langsam zum Ausgang.

„Mara?"

Erschrocken drehte ich mich um. Es war kurz nach vier Uhr nachts. Wer konnte denn jetzt noch hier sitzen, der mich kannte.

„Ron? Bist du nicht im Bett oder auf der Party?"

„Nein, offensichtlich nicht. Die Party löste sich auf, kurz nachdem Kyle gegangen war. Ich konnte noch nicht schlafen."

Ich ließ mich neben ihm auf das schwarze Ledersofa plumpsen. Wir schwiegen beide eine Weile.

„Ich dachte, du und Kyle würden jetzt…", Ron schluckte. Es fiel ihm offensichtlich schwer, darüber zu reden.

„Offensichtlich nicht!"

Ein Lächeln huschte über Rons Gesicht. „Ich kenne Kyle. Er hätte dich nie weggestoßen. Ich wusste, dass er sogar geplant hatte…!"

„Ja, ist schon gut, Ron. Bitte bohre nicht weiter, das ist etwas Privates!"

„Mara? Du musst ihn abgewiesen haben!" Ron kam von diesem Thema nicht weg.

„Ja! Zufrieden?"

„Ja, sehr!"

Es entstand eine kurze Pause, da musste ich plötzlich lachen.

„Showbusiness-Typen sind schon komisch!"

„Wieso wir? Du liebst Kyle, himmelst ihn an und stößt ihn dann zurück. Wer ist hier wohl verrückt?"

„Ja, das ist schon ziemlich verrückt!", gab ich zu.

„Aber warum dann?"

„Musst du denn alles wissen und begreifen?"

„Mara, dich will ich begreifen!"

„Ron! Ihr seid mir alle so wichtig geworden: Du, Kyle und auch Susan. Ihr seid meine amerikanische Familie in meinem Doppelleben. Ich will euch helfen und nicht, dass ihr irgendeine eingebildete Schuld an mir mit körperlicher Nähe abträgt. Ich will, dass ihr gerne an mich denkt. Ich habe viel von euch bekommen und ihr vielleicht etwas von mir!" Es tat weh. Der Abschied stand kurz bevor. Ich wusste es. Ich spürte es. Es tat verdammt weh!

„Ich will euch einfach nicht verlieren!" Jetzt rollten die Tränen. Sie durften rollen, wir waren unter uns.

Ron schwieg. Was sollte er auch dazu sagen? Ich zog die Schuhe aus und legte die Beine auf die Coach im Foyer. Ich war so müde und erschöpft. Meinen Kopf legte ich vertraulich auf die Schulter von Ron. Ich schlief ein.

„Wie wäre es mit einem Kaffee, Darling?" Ich erschrak. Wo war ich? Es roch lecker nach starkem Kaffee, es hörte sich nach Kyle an, aber wie kam ich hierher? Ich öffnete die Augen und zwei braune Augen lachten mich an. Ich freute mich, Kyle zu sehen, aber ich war auch enttäuscht, dass es nicht Rons Augen war.

„Moment, bitte!" Ich musste mich sammeln. Langsam kam die Erinnerung zurück. „Ich bin gestern unten bei Ron eingeschlafen!"

„Genau, Mara! Er hat dich hierhin getragen. Eins muss man dir wirklich lassen. Du hast einen verdammt tiefen Schlaf!"

„Eigentlich nicht. Aber hier bin ich doch sehr müde!" Ich wollte mich aufrichten, merkte aber, dass ich bis auf die Unterwäsche ausgezogen war. Erschrocken zog ich die Bettdecke hoch.

„Das war ich! Du konntest unmöglich in deinem eleganten Outfit schlafen. Aber falls du dich noch erinnerst, wir waren gestern schon weiter!"

„Stimmt!"

„Hier der Kaffee!"

„Danke, Kyle!"

Nachdem ich den Kaffee ausgetrunken hatte, sagte Kyle zu mir: „Wir sollten so langsam zum Frühstück herunter gehen. Wir wollten uns noch mit einigen Gästen treffen und vielleicht schauen auch noch Journalisten vorbei!"

„Oh, je! Aber OK, ich dusche mich kurz und bin in ungefähr dreißig Minuten fertig!"

„Danke, Mara!"

Händchenhaltend betraten wir den Speiseraum. Ich hatte mich dezent geschminkt und Susan hatte mir schnell die Haare hochgebunden und mir ein elegantes Kostüm gebracht. Es waren tatsächlich zwei Reporter da, die noch ein paar Fotos von uns schossen.

Kyle begleitete mich zu einem Tisch, an dem schon Ron und Cole saßen. Ich begrüßte sie formell mit Küsschen an jeder Wange, schließlich war dieses Frühstück ein offizielles Treffen. Als ich Ron einen Luftkuss an die Wange hauchte, sagte ich leise „Danke!". Er drückte meine Hand als Antwort.

„Mara, du fliegst auch heute zurück?", frage mich Cole hoffnungsvoll. „Kyle hat mir erzählt, dass wir beide den gleichen Flug nach Düsseldorf gebucht haben."

„Tut mir leid, Cole. Ich habe den Flug umgebucht und fliege erst morgen wieder zurück. Ich habe kommende Nacht noch ein Zimmer in diesem Hotel."

„Aber Kyle hat doch gesagt…!"

„Ja, noch weiß er nichts davon!"

„Ich auch nicht", reagierte Ron verärgert, obwohl wir Deutsch gesprochen hatten.

„Ron, es hat auch direkt nichts mit euch zu tun. Mir war heute Abend der Rückflug einfach zu spät. Zudem möchte ich auch mal in völliger Ruhe durch New York spazieren gehen. Inzwischen ist es meine zweite Heimat geworden." Ich wollte tatsächlich nur noch meine Ruhe.

„In völliger Ruhe? Mein Gott, Mara, bist du naiv! Du bist hier zurzeit recht bekannt. So einfach unerkannt durch New York spazieren kannst du momentan nicht mehr." Ron war sehr ärgerlich.

„Dann bleibe ich halt im Hotel. Aber heute Abend fliege ich nicht mehr zurück."

„Kann es nicht eher sein, dass du Kyle noch einen Tag länger sehen willst?", Ron redete sich in Rage.

„Ron, jetzt ist aber gut! Ich habe ein Einzelzimmer gebucht und euch erst nichts erzählen wollen, damit nicht solche Kommentare kommen!"

Schweigend aßen wir unser Frühstück.

„Schade, Mara. Treffen wir uns mal in Deutschland?" Cole wollte die Stimmung verbessern.

„Warum nicht, Cole? Allerdings bin ich berufstätig, alleinerziehend und habe relativ wenig Zeit, wenn ich wieder im Alltag bin!"

„Wenn du mir deine Telefonnummer gibst, rufe ich dich mal an. Ist das OK?"

„Ja, gerne!" Ich schrieb Cole meine Telefonnummer auf die Papierserviette.

Kyle war damit beschäftigt, von Tisch zu Tisch zu wandern und sich mit den Leuten dort zu unterhalten. Er ging voll darin auf, das sah man. Ich freute mich für ihn.

Als ich mein Brötchen aufgegessen hatte, entschuldigte ich mich und verließ den Tisch. Ich ging zur Rezeption und fragte, welches Zimmer ich für die nächste Nacht bekommen würde. Ich erhielt bereits den Schlüssel. Dann räumte ich in meinem Doppelzimmer mit Kyle meine Sachen zusammen und brachte sie in mein Einzelzimmer. So, nun war ich frei. Es wurde mir irgendwie alles zu viel.

Ich erinnerte mich an den Vergleich mit dem Kunstwerk. Kyle ist ein Kunstwerk in einer Galerie. Man kann es lieben, sich in ihm versinken, es täglich mit wachsender Begeisterung anschauen. Man darf es jedoch nicht mit nach Hause nehmen, für sich beanspruchen, denn zu Hause würde es verkümmern. Man könnte ihm nicht das geben, was es bräuchte: die richtige Raumtemperatur, den Schutz und die perfekte Luftfeuchtigkeit. Kyle war ein fantastisches Kunstwerk, das ich jedoch nie besitzen würde.

Erstaunt stellte ich fest, dass es überhaupt nicht mehr so sehr weh tat, dass ich ihn nicht bekommen konnte. Ich war sehr froh, dass wir nicht miteinander geschlafen hatten. Er passte nun einmal nicht in mein Leben und sein Leben überanstrengte mich total. Es tat mir leid, ihn, Susan und Ron zu verlieren. Sehr sogar, aber Kyle stellte nicht mehr meinen einzigen Mittelpunkt dar.

Heute war noch ein gemeinsames Mittagessen mit Kyle, Ron und Cole geplant. Ich ging langsam wieder zum Doppelzimmer vom Kyle, nachdem ich mich ein wenig gesammelt hatte. Als ich die Tür des Hotelzimmers geöffnet hatte und im Vorflur des Zimmers stand, hörte ich, dass Kyle und Ron miteinander diskutierten. Sie hatten mein Kommen nicht bemerkt, da die Türen sehr leise aufgingen. Ich hörte meinen Namen und blieb stehen, um heimlich zuzuhören.

„Das kann ich nicht tun!" Das war unverkennbar Kyle.

„Kyle, Mara wusste, dass es sich nur um eine Vereinbarung handelt. Wir werden sie großzügig bezahlen und dann müssen wir das alles beenden!"

„Mara wird entsetzlich leiden!"

„Ja, das befürchte ich auch. Aber sie hat sich schon zu sehr an uns, dich und unser Leben gewöhnt. Und es wird nicht leichter. Für dich bringt eine Verlängerung eurer Freundschaft keine Vorteile mehr. Im Gegenteil, wenn ihr euch jetzt trennt, könnten die Fans eher auf dich anspringen."

„Du meinst, sie könnten hoffen, sie seien die nächsten!"

„So in etwa. Kyle, sieh doch ein: eine längere Fortführung dieser Show bringt dir nichts. Für Mara wird es dadurch auch nicht leichter!"

„Vielleicht hast du Recht, Ron. Aber ich mag Mara. Wie soll ich ihr das sagen? Wie soll ich ihr das antun? Lass mir bitte Zeit, vielleicht fällt mir etwas ein."

„Wie du meinst, Kyle. Diese Sache kann und will ich dir nicht abnehmen!"

„Nein, das will ich selbst machen!"

Ich atmete tief ein und schlich mich wieder heraus auf den Flur. Das war es also. Jetzt war es vorbei. Und sie hielten mich für zu schwach, um es mir zu sagen. Ich straffte die Schultern.

Ich schloss die Tür zum Hotelzimmer wieder auf. Diesmal sehr geräuschvoll. Als ich ins Zimmer kam, schauten mich Ron und Kyle mit sehr schlechtem Gewissen an.

„Was schaut ihr mich so an? Tut mir leid, Ron, dass ich so heftig beim Frühstück reagiert habe! Ich war unten irgendwie noch gar nicht ich selbst!"

„Es ist OK, Mara. Ich war auch nicht so nett!"

Heute würde ich meine schwerste, aber auch beste Rolle spielen müssen.

„Soviel ich weiß, gehen wir heute Mittag noch zusammen Essen?"

„Heute Mittag ist gut, bereits in einer halben Stunde treffen wir uns noch mit den gestrigen Gästen und einigen Journalisten unten im Restaurant!"

„Sehr gut!" Keiner reagierte. „Ach ja, meine Sachen habe ich schon in mein Zimmer für die nächste Nacht gebracht." Keiner reagierte.

Kyle stand regungslos da. Man sah ihm seine Sorgen direkt an. Seine Stirn lag in Falten. Auch Ron stand hilflos herum. Ich tat, als würde ich es nicht bemerken.

„Ja, dann mache ich mich noch kurz frisch in meinem neuen Zimmer und bin in zwanzig Minuten wieder hier. OK?"

„Ja", kurze Antwort von Kyle.

Ich verschwand in mein Einzelzimmer. Aus meiner Zimmerbar holte ich mir einen Schnaps. Langsam wurde ich ruhiger. Es musste sein! Es würde meine Abschiedsvorstellung werden. Ich schminkte mich sorgfältig, putzte mir noch die Zähne. Dann ging ich wieder herunter und klopfte bei Kyle.

Er öffnete mir sofort: „Warum klopfst du? Du hast doch einen Schlüssel."

„Es ist jetzt nur noch dein Zimmer!"

„Du bist doch meine Freundin!", sagte er leise und nahm mich in den Arm. Ich merkte, wie schwer es auch ihm fiel, auf den Abschied hin zu arbeiten. Wir waren uns recht nahegekommen.

„Wir müssen gehen!", sagte Ron im Hintergrund.

Kyle legte den Arm um mich und wir betraten so das Restaurant. Ich wunderte mich, dass keine Journalisten da waren.

„Wann kommen die Fotografen?", fragte ich Kyle leise.

„Etwas später, wenn wir essen!"

Umso besser. Kyle setzte sich diesmal zu Ron, Cole und mir an den Tisch. Ich saß zwischen Ron und Kyle. Es herrschte eine starke Unsicherheit am Tisch. Ich schien ihnen allen leid zu tun, aber sie würden sich noch sehr wundern.

Zum Essen bestellte ich mir Wein. Es musste echt wirken. Ron schaute mich verwirrt an, sagte aber nichts. Kyles braune Augen ruhten häufiger sehr warm auf mir. Ich stöhnte auf, es war sehr schwer. Aber es war mein Abschiedsgeschenk an Kyle. Und an Ron.

Endlich sah ich die Journalisten hereinkommen. Gab es nichts Interessanteres als uns momentan? Aber es kam mir sehr gelegen. Sie bauten sehr geschickt ihre Kameras auf. Nun war ich dran.

Ich hob mein Weinglas sehr hoch, damit die Journalisten sehen konnten, dass ich schon mittags Wein trank und sie auf mich aufmerksam wurden.

Leise prostete ich dagegen Kyle zu: „Goodbye, Kyle!" Er hörte es und schaute mich erschrocken an.

Ich trank das Glas Wein auf Ex. Ich sah, dass die Kameras jetzt auf unseren Tisch gerichtet waren.

„Mara, pass bitte auf!", raunte mir Ron von rechts zu.

„Bitte Ron, spiele jetzt nur mit und frage nicht!", flehte ich ihn leise an. Ich spielte plötzlich die Betrunkene und legte den Arm um Ron.

Laut lallte ich: „R-Ron, mein Schatz. Endlich habe ich den Mut, dir zu sagen, dass ich mich in dich verliebt habe!" Ich sprach betont laut. Rons Augen fingen an zu lächeln. Die Mikrophone kamen näher. Langsam holte ich Luft und hoffte, dass die Reporter bald direkt zu uns vorgedrungen wären.

„Kyle ist auch immer nur für seine Fans da. Dich hätte ich für mich ganz allein!"

Ron musste sich das Lachen verkneifen. „Liebes, nicht so laut und hier. Es muss ja nicht jeder wissen…!" Ron war sensationell. Er hatte verstanden. Er hielt mich fest.

„Kyle ist natürlich toll. Aber jede Frau will ihn. Ich will meinen Mann nicht teilen müssen. Und du – du bist so clever, weißt was du willst, nimmst dir, was du brauchst." Ich wusste, dass Kyle der Ruf, den ich ihm hier verpasste, bei seinen weiblichen Fans alles andere als schaden würde. Er war der betrogene, attraktive Star. Kyle behielt die Rolle des anständigen Traummannes und Hunderte von seinen Fans werden sich nun darum reißen, ihn trösten zu können und ihm zu beteuern, dass sie ihn nie betrügen würden. Ich dagegen machte mich zum Deppen, aber das war mir jetzt egal. Ich legte meinen Kopf an Rons Schulter.

„Liebes, du hast getrunken. Ich wollte es Kyle eigentlich selbst erzählen!", O Gott, spielte Ron seine Rolle gut. Leider konnte ich Kyle nicht beobachten, ich musste mich darauf konzentrieren, dass meine Abfuhr ihm nicht schadete. Ron legte seinen Arm um mich.

„Ich bringe dich in dein Zimmer, damit du nüchtern werden kannst!", sagte Ron sehr laut. Rundherum sah ich Mikrophone.

Ich drehte mich zu Kyle um. Sein Gesicht zeigte Wut. Er musste doch wissen, dass es nur ein Spiel war! Das Ende der Show. „Kyle, es tut mir leid!"

Kyle sprang vom Stuhl auf. Er sagte nichts, vermutlich, um auch mir nicht noch mehr zu schaden.

„Kyle, dein Leben passt nicht zu meinem, obwohl ich es anfangs so gehofft hatte. Du bist so stark, so strahlend, so beliebt. Ich kann damit nicht umgehen und es tut mir nicht gut. Ich komme aus einer anderen Welt. Ron passt einfach besser zu mir. Während du bei deinen Fans warst, haben Ron und ich uns angefreundet." So das musste als Erklärung für die Reporter langsam reichen.

Kyle drehte sich um und ging wortlos weg. Auf die Rückfragen der Reporter antwortete er nur mit „Kein Kommentar!"

„Komm wir gehen auch!", raunte mir Ron zu. Er nahm mich am Arm und ging mit mir langsam ins Foyer. Alle Augen waren auf mich gerichtet, böse Augen, neugierige Augen, verurteilende Augen. Es war mir egal. Ich gehörte tatsächlich nicht in diese Welt und irgendwann würde ich sowieso wieder ein „Nobody" für die Medien sein.

Rons Handy schellte. Er ging heran. „Ja, machen wir!"

„Komm!", sagte Ron danach warm zu mir.

Ich ging mit ihm mit. Wie im Trance fühlte ich mich – betäubt von dem schmerzhaften Verlust meiner zweiten Familie. Ron führte mich zu einem Zimmer, vor dem Kyle stand.

„Mein Hotelzimmer!", sagte er leise zu mir. Schnell schloss er es auf und wir drei verschwanden darin. Ich ließ mich wortlos auf einen Sessel fallen. Ich war noch immer leicht benebelt und mein Herz schmerzte. Ob ich jemals nach New York zurückkehren würde, wusste ich nicht.

Kyle kniete sich vor mir hin, nahm meine Hände und sagte: „Danke! Ich weiß, dass du dir selbst dadurch viele Probleme eingehandelt hast. Du hast es für mich getan!"

„Ich habe es für euch beide gemacht. Für dich und Ron. Für dich ist die Trennung jetzt sehr vorteilhaft und…", ich schluckte „…unser Vertrag ist somit beendet!"

„Du hast uns vorhin gehört?", folgerte Ron messerscharf.

„Ja. Es war eine schöne Zeit und ich gäbe viel dafür, mit euch einfach nur befreundet bleiben zu können. Aber ich kenne euer Leben jetzt und es ist ab sofort nicht mehr meines." Ich hatte keine Kraft mehr.

Ich stand auf. „Kyle, bleib bitte so, wie du bist. Du bist einfach perfekt." Dann wandte ich mich Ron zu. „Dich musste ich erst etwas besser kennen lernen, um deine Stärken schätzen zu können. Ihr liebe euch beide. Bitte grüßt noch Susan herzlich von mir. Lebt wohl!" Ich wusste, dass im Showbusiness „Ich liebe euch" oft leichtfertig gesagt wird. Bei mir war es jedoch so gemeint, wie ich es gesagt hatte.

Keiner antwortete. Sie schienen überrollt und sprachlos zu sein. Ich drehte mich um und ging. Nun war es vorbei und zum Glück hatte ich jetzt mein eigenes Zimmer. Ich wusste, dass ich mir die Freude und jetzt das Leid selbst eingebrockt hatte. So war das nun einmal mit Abenteuern. Nach zwei Stunden, in denen ich nur im Bett gelegen hatte, rief ich meine Tochter an.

Ich erzählte ihr alles und versuchte es ihr lustig zu berichten. Dennoch begriff sie den Ernst für mich.

„Mutti, du bist super! Der Schmerz wird vergehen!" Meine kleine Tochter begriff schon, was es für mich bedeutete und wollte mich trösten. Mein Herz wurde warm und mir ging es viel besser.

„Natürlich wird es das! Zurück wird die Erinnerung an ein traumhaft schönes Erlebnis bleiben!"

„Genau daran musst du denken, Mutti!"

Ich hoffte, Kyle oder Ron kämen nicht mehr auf die Idee, bei mir anzuklopfen. Es gab nichts mehr dazu zu sagen, nichts mehr zu ändern. Sie taten es auch nicht. So konnte ich am nächsten Tag nach Hause fliegen und hatte mich wieder einigermaßen gefasst. Zeitungen hatte ich mir nicht gekauft. Es war nicht mehr meine Welt, ich gehörte ab gestern nicht mehr dazu. Ich wollte momentan nur erst einmal wieder den Einstieg in mein altes Leben finden.

Ob und wie Ron mir das vereinbarte Entgelt zuschicken würde, war mir nicht wichtig. Wenn Ron es wollte, würde er einen Weg finden. Wenn nicht, so hatten sie mir auch so genug gegeben und bezahlt. In meinen Augen waren wir quitt.

Mein altes Leben wieder aufzunehmen erwies sich als sehr schwierig.

Ganz abgesehen davon, dass ich wie aus einem tiefen wunderbaren Traum erwachte und in mein monotones, wenn auch sicheres, Leben zurückkehrte, war auch die deutsche Presse inzwischen an unserer ungewöhnlichen Liebesgeschichte interessiert.

Meine Untreue ging durch die Musiksender und Prominentennews im Fernsehen. Auch im Kulturteil der Zeitungen fand ich kleinere Annoncen darüber, dass der beliebte Sänger Kyle von seiner deutschen Freundin schamlos hintergangen worden war. Bilder von mir und ihm in unserer offiziellen Freundschaftszeit rundeten die Berichte ab. Glücklicherweise war ich meistens auf diesen Bildern sehr stark gestylt gewesen und im normalen Leben wurde ich daher so nicht so leicht erkannt.

In meiner Stadt war ich inzwischen bekannt und musste mir so einige dumme Kommentare an den Kassen und beim Einkauf und sogar beim Arzt gefallen lassen. Ich blieb jedoch immer freundlich und wusste, es würde bald

Vergangenheit sein. Das war mir die Sache Wert gewesen.

Schlimmer war es in meiner Arbeitsstelle. Meine Kolleginnen stellten mich bei jeder Gelegenheit als unzuverlässige, untreue, liebestolle Frau dar. Mein Chef sprach mich taktvoller Weise nicht darauf an. Um aber weder mein beruflicher Ruf noch meine Arbeitsstelle zu gefährden, entschied ich mich, ihn über das Arrangement mit Kyle und Ron in Kenntnis zu setzen. Ich vertraute ihm.

Als ich ihm alles erzählt hatte, ergänzte ich schuldbewusst: „Das Ganze war ein großer Traum von mir, ein Abenteuer. Ich musste meinem Leben nach dem letzten Jahr entfliehen. Es war für mich eine Freizeitbeschäftigung. Sollten Sie es als ungenehmigten Nebenjob einstufen, werde ich die Folgen selbstverständlich tragen."

Mein Chef schaute mich erst ernst an und fing dann an zu lachen. „Es ist unglaublich. Gerade Ihnen hätte ich so eine spontane Handlung nicht zugetraut. Entweder hatten Sie viel Mut oder waren unglaublich naiv!"

„Leider hatte ich nicht geahnt, was mich erwartete. Das Schlimmste ist jedoch, dass ich eine enge Beziehung zu Kyle und seinem Team aufgebaut habe. Es ist, als hätte ich meine Freunde und mein zweites Leben verloren."

Mein Chef wurde wieder ernst. „Ja, das Showbusiness macht süchtig. Und ich kann mir vorstellen, dass Sie Kyle sehr mochten!"

Ich nickte.

„Frau Fortein, ich rechne Ihnen hoch an, dass Sie mir gegenüber wenigstens jetzt ehrlich waren. Das zeigt mir, dass Sie noch Wert auf Ihre Arbeitsstelle und mich als Ihren Chef legen."

Ich nickte heftig.

„Mit den Bemerkungen der Arbeitskollegen müssen Sie jetzt natürlich klarkommen! Da kann ich Ihnen nicht helfen! Aber es wird nachlassen."

„Das weiß ich und das nehme ich auch gerne in Kauf."

„Tja, Frau Fortein! Dann auf eine lange Zusammenarbeit!"

„Danke, vielen Dank!"

Ich war erleichtert darüber, dass ich einen so verständnisvollen Chef hatte. Und so langsam nahm mein Leben wieder einen gewohnten Gang. Dennoch träumte ich jede Nacht davon, wieder einen Anruf von Ron zu bekommen.

Nach ungefähr drei Wochen lag tagsächlich ein Brief aus New York in meinem Briefkasten. Meinem ersten Impuls, meiner übergroßen Freude, folgte sofort die Ernüchterung. Ich wollte über all das Hinwegkommen und nicht wieder verletzt werden.

Es war ein dicker Brief und ich öffnete ihn vorsichtig. Er war von Kyle. Er war in Deutschland zu einer Musiksendung eingeladen und fragte nach, ob er sich mit mir treffen könne. Zudem wollte er mir noch das ausstehende Geld geben. Er hatte seine Handynummer aufgeschrieben und bat um Rückruf. Ich stöhnte auf. Ich hatte Angst davor, schwach zu werden, wenn ich seine Stimme hörte. Dennoch musste ich mich melden. Um es schnell hinter mich zu bringen, rief ich ihn sofort an. Zu meiner Erleichterung ging nur seine Mailbox an. Er hatte einen persönlichen Text aufgesprochen und seine Stimme ließ meinen Puls steigen. Verdammt!

„Hallo Kyle!", sprach ich stotternd auf den Anrufbeantworter. „Leider konnte ich dich jetzt nicht persönlich erreichen. Ich hoffe, dir und Ron geht es gut! Ich kann dich nicht treffen, tut mir leid. Bitte, behaltet das Geld. Ihr habt mir viel mehr als das vereinbarte Geld geschenkt! Alles Gute! Mara"

Ich legte auf und war sehr traurig. Wieder war mir der Verlust meines zweiten Lebens sehr bewusst. Dennoch hatte ich das Wichtigste in meinem Leben behalten: meine Tochter! Ich sollte nicht so undankbar sein.

Entschieden zerriss ich Kyles Brief mit seiner Telefonnummer. Es war vorbei!

Glücklicherweise kam auch keine Nachricht mehr von Ron oder Kyle. Ich vermied es peinlichst, irgendeine Musiksendung im Fernsehen anzuschauen. Ich wollte Kyle vorerst auch nicht mehr sehen.

Stattdessen besorgte ich mir wieder das Eiweißpulver und meldete mich in einem Fitnessstudio an. Ich wollte jetzt etwas tun, das mir Kraft gab.

Einen Tag nach Silvester am frühen Nachmittag schellte mein Handy und eine mir unbekannte Nummer wurde angezeigt. Ich meldete mich vorsichtig mit „Hallo!"

„Ein frohes Neues Jahr!", wurde mir in Deutsch gewünscht. Zum Glück keiner aus meiner englischen Zweitfamilie.

„Danke, wünsche ich Ihnen auch. Aber wer ist denn da?"

„Cole!"

„Ach, Cole!" An den Jugendfreund von Kyle hatte ich überhaupt nicht mehr gedacht. Jetzt erst bemerkte ich, dass seine Stimme ähnlich wie die von Kyle klang. Ob das an dem fast kaum merkbaren amerikanischen Akzept von Cole lag?

„Mara, hast du über mein Jobangebot mal nachgedacht. Neues Jahr – neuer Start?"

„Danke, Cole! Aber ich bin ganz zufrieden in meiner jetzigen Arbeitsstelle."

„Mara, was hältst du davon, wenn wir uns mal zum Abendessen treffen und ich unterbreite dir ein großartiges Angebot!"

„Cole, ich habe im Moment wirklich nicht viel Zeit!"

„Du willst Kyles besten Freund versetzen? Ich hole dich am nächsten Samstag um 19.00 Uhr ab und wir fahren zu einem Chinesen in deiner Stadt. Bitte Mara, ich soll dir außerdem auch noch etwas von Kyle ausrichten!" Hier hätte ich eigentlich aufhören müssen. Es hätte mir klar sein müssen, dass Kyle so aufrichtig war, dass er nie etwas über seinen Freund mit mir geklärt hätte.

„Cole, ich will nichts von Kyle hörten!"

„Es tut dir immer noch weh, habe ich recht?"

„Ja, Cole. Es ist nicht der richtige Zeitpunkt, mich mit einem anderen Mann zu treffen."

„Mara!", Cole lachte auf. „Ich bin kein anderer Mann. Ich bin Kyles Jugendfreund. Und ich habe wirklich erfreuliche Nachrichten für dich! Bitte, lass uns doch zusammen essen gehen!"

Mir fehlte es langsam an Ausreden und ich war noch nie gut darin „Nein" zu sagen. Also willigte ich unlustig ein: „Ok, Cole. Nächsten Samstag um 19:00 Uhr. Aber ich werde nicht lange bleiben."

„Verstehe ich. Ich freue mich, Mara!"

Ich gab ihm meine Anschrift und legte dann auf. Sofort war mir klar, dass die Zusage ein Fehler war. Ich wollte Kyle vergessen und traf mich mit seinem besten Freund? Er erinnerte mich unweigerlich an Kyle. Das tat mir nicht gut! Nun ja, der Abend würde auch vorüber gehen. und das nächste Mal würde ich auf jeden Fall „nein" sagen.

Meine Tochter fand die Idee gar nicht gut, mich mit Cole zu treffen. Und wie immer, hatte sie ein feines und richtiges Gefühl.

Cole holte mich pünktlich ab. Er war sehr flott in einem Sakko gekleidet und trug inzwischen längere Haare. Er war nicht unattraktiv, erinnerte mich aber tatsächlich sehr schmerzhaft an mein letztes Treffen mit Kyle in New York. Seine Augen strahlten mich an, aber sie waren nicht so warm wie Kyles, sondern ein wenig anzüglich. Ich erinnerte mich sofort daran, dass er in mich verliebt war.

Zur Begrüßung küsste er mich auf beide Wangen, wie es in den USA in der Showszene üblich war.

Ich spielte mit.

„Du siehst wahnsinnig gut aus, Mara! Ich kann Kyle nicht verstehen, dass er dich aufgab!"

„Ich habe ihn betrogen, Cole. Hast du das nicht in den Medien gelesen."

„Mara, ich weiß von eurem Deal."

Er führte mich zu seinem großen schwarzen Mercedes. Ich war beeindruckt. Das nächste Chinarestaurant war nur zehn Minuten entfernt. Cole behandelte mich wie eine Königin. Nachdem er kurz mit dem Kellner gesprochen und ihm etwas in die Hand gedrückt hatte, bekamen wir einen Tisch in einem Separée.

„Mara, ich hoffe, es gefällt dir, dass wir jetzt unter uns sind?"

„Cole, das finde ich sehr rührend, wie du dich um mich bemühst. Aber ich bin noch nicht frei."

„Ich weiß, Mara! Aber Kyle hätte nicht zu dir gepasst. Er ist in der Showwelt, ebenso Ron. Wir beide dagegen sind Realisten und in Deutschland in der Wirtschaft."

„Ja, Cole. Ich habe es auch gemerkt. Aber ich möchte nicht über Kyle reden. Und auch nicht über Ron."

„Ist schon klar, Mara! Bitte arbeite in der Buchhaltung meiner Firma. Ich gebe dir das Doppelte von dem, was du jetzt verdienst. Du erhältst alle Freiheiten und ich stelle dir eine Prokura in Aussicht."

„Außer meinen Namen weißt du doch gar nichts über mich?", fragte ich zweifelnd. Kein Unternehmer in Deutschland würde einem Mitarbeiter blind eine Prokura in Aussicht stellen.

Der Kellner kam und wir bestellten.

Ich fühlte mich gar nicht wohl bei Cole.

„Mara!" Er legte seine Hand auf meine. Sie war schwitzig. Aber ich zog meine Hand nicht weg. Ich wollte endlich wissen, was hier los war.

„Mara! Du bist meine Traumfrau. Vielleicht kannst du auch mich lieben. Kyle bekommst du nie. Lass es uns beide versuchen!"

Zum einen tat mir seine Bewunderung gut, zum anderen war ich verärgert.

„Cole! Kyle war nicht der Richtige für mich. Und wir beide kennen uns doch auch kaum. Ich möchte momentan keine Beziehung. Das habe ich doch schon deutlich gesagt!" Nun zog ich die Hand weg.

„Ich gehe mal kurz auf Toilette!", sagte Cole und verschwand. Mir kam alles surreal vor, unwirklich. Irgendetwas stimmte da ganz und gar nicht.

Cole kam mit dem Kellner wieder. Cole trug die Getränke, der Kellner das Essen. „Ich habe mal kurz mitgeholfen, zu tragen!", lachte Cole. Er sah warm aus, wenn er lachte. Wie Kyle! Inzwischen schien ich jeden Mann mit Kyle zu vergleichen. Und noch immer konnte niemand mithalten. Außer vielleicht: Ron. Aber auch er war weit weg und nicht mehr Bestandteil meines jetzigen und zukünftigen Lebens.

Cole stellte mir meine Cola-light hin und setzte sich dann. Während wir aßen erzählte er davon, wie er nach Deutschland gegangen war, um den ständigen Vergleichen mit seinem Jugendfreund auszuweichen. Er wollte sich ein eigenes Leben aufbauen und hatte es in Deutschland auch geschafft.

„Warum willst du dann ausgerechnet mich, die doch deinen Freund sehr gut kennt und liebt?"

„Weil ich mich in dich verliebt habe!"

„Das kann nicht sein. Wir haben uns bisher nur ein einziges Mal getroffen!"

„Du hast Kyle auch geliebt, obwohl du ihn nur aus den Medien kanntest!"

„Das war eine pubertäre Schwärmerei, die vermutlich aus der Trauer um meinen Vater entstanden ist."

„Kyle als Vaterersatz? Dafür ist er nicht geeignet!"

Ich lachte: „Nein, wirklich nicht. Aber ich bin auch keine Psychologin. Wie auch immer, es war tatsächlich etwas kindlich, aber nicht zu verhindern."

„Warum nur fliegen die Frauen immer so auf meinen Freund?"

„Er ist ein Prominenter, der dafür lebt, seine Fans zu begeistern."

„Ich bin doch nicht schlechter als er, oder?"

„Cole, nein! Und du wirst auch eine Frau finden, die dich und nicht Kyle will. Aber ich bin es nicht!"

„Du wirst Kyle nie bekommen!"

„Das weiß ich längst. Aber deswegen muss ich mich nicht gleich an seinen besten Freund heranmachen." Langsam wurde ich ärgerlich.

„Können wir uns nicht mal häufiger treffen, vielleicht ändert sich das?"

Seine Aufdringlichkeit ging mir fürchterlich auf die Nerven. So schlimm war ich noch nicht einmal bei Kyle gewesen und ich schämte mich noch immer für meine offensichtliche Anhimmelei.

„Danke für die Einladung, Cole! Aber ich glaube du hast zu viele Erwartungen in dieses Treffen gestellt. Mir geht es nicht so gut, ich möchte jetzt nach Hause gehen."

„Einen Moment, ich bezahle eben und bringe dich dann nach Hause!"

„Danke, dass ist nicht nötig. In einer knappen halben Stunde bin ich auch zu Fuß zu Hause!"

„Es ist schon nach 21.00 Uhr und du müsstest durch eine dunkle Gegend laufen. Sei nicht albern. Ich bringe dich nach Hause und dafür vergisst du einfach, dass ich dich bedrängt habe. Es tut mir leid!"

Ich lächelte. Den bubihaften Blick, den Cole jetzt aufsetzte, kannte ich doch: von Kyle. Da konnte ich noch immer nicht widerstehen.

„Okay, danke!"

Cole zahlte sehr schnell und wir gingen schweigend zu seinem Auto. Er hielt mir die Tür auf und ich stieg ein. Er fuhr los. Plötzlich bog er an einem dunklen Parkplatz ab und hielt an. Ich schaute ihn erschrocken und ängstlich an. Cole drückte auf irgendeinen Knopf am Cockpit und mein Stuhl funktionierte nach hinten, so dass ich lang ausgestreckt da lag. Panisch richtete ich mich auf und versuchte, die Tür zu öffnen. Es ging nicht. Hektisch suchte ich den Knopf oder Hebel, um die Tür zu entriegeln. Ich konnte ihn nicht finden.

Plötzlich spürte ich Cole, der mich herunterdrückte. Er hatte eine ungeheure Kraft. Er drückte mich auf meinen Liegesitz zurück.

„Cole, was soll das?", frage ich, obwohl ich es schon ahnte.

„Mara, für Kyle hast du alles getan. Vermutlich hast du auch bereitwillig mit ihm geschlafen. Im Gegensatz zu Kyle liebe ich dich. Und ich will dich haben. Ich will nicht, dass Kyle dich mir wegnimmt."

„Cole, ich habe nicht...!" Mein Satz ging unter. Er küsste mich und riss mir die Kleidung auf. Er hatte eine ungeheure Kraft und Energie. Dieselbe Energie, die ich bei Kyle so bewundert hatte, richtete sich bei seinem besten Freund jetzt gegen mich. Ich gab auf und versuchte, meinen Körper nicht zu sehr anzuspannen, damit die Verletzungen nicht so heftig wurden.

Er vergewaltigte mich brutal und stieß mich dann aus dem Auto heraus, nachdem er die Beifahrertür wieder entriegelt hatte. Bevor er abfuhr rief er mir noch böse lachend zu: „Ich weiß, dass du mit Kyle nicht geschlafen hast. Kyle hat mir erzählt, dass er echte Freundschaft für dich empfindet. Er hat bedauert, es dir nicht hatte zeigen können. Nun habe ich mit dir geschlafen und er bekam dich nicht. Ausgleichende Gerechtigkeit! Endlich habe ich die Frau bekommen, die Kyle zurückgewiesen hat."

Das war es also! Missgunst und Neid hatte Kyles Freund zu dieser Kriminaltat getrieben. Ich antwortete nicht und ließ Cole abfahren. Als seine Rücklichter verschwunden waren, stand ich auf. Ich fiel wieder um. Mein ganzer Körper brannte von Coles Gewalt gegen mich. Ich fühlte mich schmutzig. Auf was hatte ich mich bei diesem Deal mit Kyle bloß eingelassen? Kyle und Ron hatten sich anständig verhalten. Ich war wie eine liebestolle Frau hinter Kyle hergerannt. Vermutlich war Coles Vergewaltigung nur der Spiegel meines Verhaltens und ich hatte sie verdient. Notdürftig steckte ich meine Kleidung fest und stolperte nach Hause. Dort sagte ich meiner Tochter nur, dass ich auf dem Nachhauseweg gefallen sei, nachdem ich mich mit Cole gestritten hatte. Ich duschte noch lange. Dann ging ich sofort ins Bett. Meine Tochter schaute mich zwar sorgenvoll an, sagte aber nichts.

Ich konnte nicht schlafen. Coles Druck auf meiner Brust, mit der er mich in den Sitz gedrückt hatte, raubte mir in meiner Erinnerung immer wieder den Atem. Das Aufreißen der Kleidung hallte immer und immer wieder in meinem Ohr nach, wenn ich die Augen schloss. Mein Unterleib blutete noch und brannte erheblich. Ich wollte mich jedoch nicht mit einer Heilsalbe eincremen oder dort berühren. Ich wollte als das nicht wahrhaben.

Als die Sonne am nächsten Tag aufging, hatte ich mich ein wenig gefangen.

Was sollte ich jetzt tun? Wenn ich Cole anzeigte, verletzte ich damit Kyle. Kyle schien seinem Jugendfreund blind zu vertrauen, er hatte ihm vieles erzählt: über unseren Deal, meine Verweigerung in unserer gemeinsamen Nacht. Ich konnte ihm das nicht antun. Aber konnte ich diesen Übergriff einfach abtun und irgendwann vergessen? Ich fühlte mich so schuldig an und mit dieser Vergewaltigung, als hätte ich sie selbst durchgeführt.

Daher tat ich also nichts. Ich wollte Kyles Leben nicht zerstören. Ich war noch eine bekannte Person und wenn irgendetwas in der Presse davon ankam, wäre es eine Katastrophe für Kyle. Er würde nicht nur seinen besten Freund verlieren, sondern in einen Skandal verstrickt sein. Ich wollte nicht diejenige sein, die sein Leben aus dem Ruder brachte. Ich wollte Kyle einfach nur vergessen, nie wieder etwas von ihm oder Cole hören.

Ich schaffte es tatsächlich, nach und nach die Vergewaltigung zu verdrängen. Ich sah es zunehmend als Preis, den ich für mein Abenteuer und meine schamlose Anhimmlung von Kyle hatte zahlen müssen. Glücklicherweise hörte ich nichts mehr von Cole oder Kyle. Es schien endgültig vorbei.

Ende April bekam ich starke Unterleibsschmerzen und suchte den Frauenarzt auf. Ich hatte Angst, dass ich von

Cole mit einer Geschlechtskrankheit angesteckt worden war oder eine ernsthaftere Verletzung zurückbehalten hätte, die sich jetzt meldete.

„Wir haben die Ursache ihrer Schmerzen gefunden!", teilte mir der Arzt mit.

„Ja, etwas Schlimmes?", ich war jetzt doch unruhig.

„Nein, überhaupt nicht. Sie sind schwanger und haben leichte Wehen! Sie müssen sich ausruhen. Ich schreibe Sie ein paar Tage krank."

Ich sank zurück in den Stuhl. „Oh, nein!"

„Sie freuen sich nicht?"

„Nein, ich habe die Pille genommen. Allerdings nicht so ganz verantwortungsvoll, da ich keinen Freund hatte."

„Und das Kind?"

„Ich wurde vergewaltigt!"

„Ich habe mich schon gewundert, dass Sie so empfindlich bei der Untersuchung reagiert haben! Haben Sie den Vergewaltiger angezeigt?"

„Nein!"

„Warum nicht?", der Arzt schrie ärgerlich.

„Er ist der beste Freund von…!", nein, mehr durfte ich nicht sagen. Noch kannte man mich aus den Medien und konnte dann sehr schnell auf den Schuldigen schließen.

„Es ist sehr kompliziert!"

Der Arzt nickte. „Ja, Sie waren doch die Freundin des prominenten Sängers."

Mist, ich hatte schon zu viel gesagt. In meinem Heimatort kannten mich viele durch die örtliche Presse, die über die damalige Versöhnung mit Kyle ausführlich berichtet hatte. „Ja!"

„Und sein Freund war es?"

„Sie unterliegen der Schweigepflicht und ich möchte nicht, dass es herauskommt!"

„Das ist ihre Sache. Aber dieser Freund hat eine schlimme Straftat begangen und Sie müssen jetzt die Folgen tragen."

„Ja, ich weiß!"

„Sie sind 46 Jahre alt. Sie kennen die Risiken?"

„Ja, ich muss darüber nachdenken, was jetzt wird. Ich weiß es noch nicht!"

„Das verstehe ich, aber abtreiben können Sie in Deutschland nicht mehr!"

„Ich weiß!"

Ich zog mich an und ging wie betäubt nach Hause.

Das Kind einer Vergewaltigung. Könnte ich es so lieben, wie meine Tochter? Bestimmt! Aber wenn ich es bekam, würde alles herauskommen. Das Kind musste den Namen seines Vaters wissen. Nun konnte ich es nicht mehr verheimlichen.

Rons Nummer hatte ich noch. Ich rief Ron an: „Hi Ron, ich bin es Mara!"

Ich verzichtete auf jede typisch englische Begrüßungsformel.

„Mara, wie schön von dir zu hören. Wie geht es dir?"

„Ron, Entschuldigung. Aber ich muss Kyle sprechen. Kannst du mir seine Telefonnummer geben?"

„Du hast Glück, Mara! Wir sind gerade in Deutschland. Willst du dich mit ihm treffen?"

„Ja, das wäre das Beste. Es tut mir leid, Ron, aber es ist etwas Persönliches."

„Habe ich mir fast gedacht!" Rons Stimme wurde kalt.

„Ron, es geht nicht um Kyle und mich, sondern um eine dritte Person!"

„Okay, okay, ich gebe dir die Nummer!" Er diktierte mir die Nummer.

Ich rief Kyle sofort an, der auch direkt am Telefon war.

„Hi Kyle!"

„Hi Mara! Ich dachte, du wolltest mich nicht mehr hören!"

„Kyle, ich muss etwas Wichtiges mit dir besprechen. Können wir uns treffen. Ron sagte, Du seiest in Deutschland!"

„Ja, ich bin in Düsseldorf!"

„Bitte gib mir die Anschrift deines Hotels. Ich bin in einer Stunde bei Dir!"

„Mara, ist es so eilig?

„Ja! Hast du jetzt Zeit?"

„Ja, für dich immer!" Er gab mir das Hotel an und die Zimmernummer. Ich kramte mein Navigationsgerät heraus, setzte mich in mein Auto und raste los. Ich war nicht aufgeregt, Kyle wiederzusehen. Ich war traurig. Ich hatte das alles nicht gewollt und ich würde Kyle sehr verletzen.

Als ich am Hotel ankam, ließ mich der Empfang durch. Ich war bereits angemeldet. Als ich dann an die Hotelzimmertür klopfte, machte Kyle sofort auf. Er umarmte mich herzlich. Auch Ron war da. Auch er nahm mich liebevoll in den Arm. Beide waren mir noch immer so entsetzlich vertraut.

Ich ließ mich auf einen Sessel fallen.

„Kyle, entschuldige den Überfall. Aber es ist wirklich wichtig, dass du etwas erfährst. Ich denke, du solltest es lieber erst einmal unter vier Augen hören."

„Ron ist unser Freund!"

„Es geht um deinen Jugendfreund Cole. Er hat etwas angestellt!" Kyle schluckte, nickte und sagte dann: „Von mir aus darf Ron dabei sein. Ich vertraue ihm. Aber du musst wissen, ob du es willst."

„Für mich gehört Ron zur Familie. Natürlich kann er bleiben!" Ron bekam einen sehr weichen Gesichtsausdruck.

Kyle kam zu mir, kniete vor mir, nahm meine Hände und fragte mich: „Was hat Cole getan?"

„Kyle, es tut mir so leid. Ich wollte es dir nicht sagen, wollte dich nicht verletzen, dich nicht in einen Skandal verwickeln."

Ron stand jetzt auf und legte die Hand auf meine Schulter: „Mara, Cole hat sich am Telefon Ende Januar schon so komisch benommen, erzählte mir Kyle."

Kyle nickte sehr ernst.

„Er sagte, er hätte es Kyle endlich zurückgezahlt. Was ist also los?" Rons Stimme hatte einen Befehlston angenommen.

„Cole wollte sich Anfang Januar mit mir treffen. Er sagte, er möchte mir ein Jobangebot machen und hätte mir etwas Wichtiges von Kyle zu erzählen."

„Das hätte ich dir wohl selbst gesagt", empörte sich Kyle.

„Eigentlich wusste ich das. Aber er bohrte weiter und ich sagte dann zu."

„Mara, was ist passiert!" So hart hatte ich Kyle noch nie gehört.

„Er hat mich vergewaltigt." Kyle sprang auf und haute mit der flachen Hand vor die Wand.

„Er meinte, du hättest wohl eine tiefe Freundschaft empfunden und er wüsste, dass wir nicht miteinander geschlafen hätten. Endlich konnte er mit einer Frau geschlafen, die du nicht bekommen hast.", sprudelte ich jetzt heraus.

Kyle haute noch einmal vor die Wand. „Dieses Schwein!" Ron stand da wie versteinert.

„Kyle, er war gekränkt, weil die Frauen immer hinter dir und nicht hinter ihm her waren. Und ich hatte ihm mit der gleichen Begründung eine Abfuhr erteilt."

„Das gibt ihm doch kein Recht, dich zu vergewaltigen!", Kyle schrie die letzten Worte heraus.

Ich sah Ron an. Kyle schrie so laut, dass es in den Nachbarzimmern gehört werden konnte. Aber Ron bremste Kyle diesmal nicht. Ron war knallrot angelaufen.

„Ich wollte es nicht erzählen, damit…!"

„Klar, Mara. Damit ich mich mit meinem „besten Freund" nicht verfeinde und keinem Skandal ausgesetzt bin. Mara, ich bin auch ein Mensch! Nicht nur ein Star! Die Karriere ist mir wichtig und Freundschaften auch. Aber ich brauche weder eine übertriebene Rücksichtnahme, noch ein nichtgewolltes Opfer. Mara, mein sogenannter bester Freund war hinterhältig und kriminell. Glaubst du nicht, dass ich das hätte erfahren sollen?" Kyle rannte wütend durch den Raum.

Ich saß da und konnte die Entwicklung nicht begreifen.

Ron schaltete sich ein: „Mara, Kyle will dir sagen, dass du ihm das keinesfalls hättest verschweigen dürfen. Du bist uns wichtig und selbst wenn nicht, muss er wissen, was Cole getan hat. Er fühlt sich übergangen."

Ich nickte.

„Mara, sorry!", reagierte Kyle plötzlich. „Letztlich bist du das Opfer. Warum erzählst du mir denn jetzt alles? Da ist doch noch etwas?"

„Ja!"

„Mara?", Ron schaute mich durchdringend an.

„Ich bin schwanger und kann das Kind nach deutschen Gesetzen nicht mehr abtreiben!"

Stille herrschte im Raum. Beide starrten mich an. Ich spürte ihren Schock, ihre Betroffenheit. Ich wollte ihnen keinen Ärger machen. Ich hatte alles gesagt, was gesagt werden musste.

Plötzlich sprang ich auf und rannte zur Tür. Weg hier! Ich rannte den Hotelgang entlang und achtete nicht auf die Rufe von Kyle. Es war mir peinlich. Die ganze Situation war mir mehr als unangenehm.

Ich stieg in mein Auto und fuhr nach Hause. Was war nur aus meinem Abenteuer geworden. Ich zerstörte nicht nur mein, sondern auch das Leben anderer Leute!

Ich fuhr gerade die Autobahn auf, die zu meiner Heimatstadt führte, da bimmelte mein Handy. Ich fuhr bei der nächsten Abfahrt wieder ab und parkte meinen Wagen irgendwo im Grünen. Neugierig schaute ich nach, wer angerufen hatte. Ron! Sofort rief ich zurück!

„Hi, Ron. Was gibt es noch?"

„Mara, komm zurück!"

„Warum? Ich habe Euch informiert und ihr könnt jetzt nichts mehr daran ändern!"

„Hast du eine Ahnung!", Ron stöhnte nervös ins Telefon.

„Was?", ich war verwirrt.

„Kyle! Er hat überstürzt eine Pressekonferenz einberufen!"

„Warum?"

„Er fühlt sich schuldig und will jetzt alles aufdecken."

„Kyle hat doch wirklich nichts Böses getan!"

„In einer Stunde soll die Pressekonferenz stattfinden", umging Ron eine Antwort.

„So schnell wird er die Journalisten nicht zusammenbekommen", ich atmete erleichtert auf.

„Typisch Mara! Natürlich werden sie da sein, denn Kyle hat ihnen eine sensationelle Story versprochen."

„Ich komme zurück!", entschied ich.

„Gut!", Ron atmete erleichtert auf.

Ich fuhr wieder auf die Autobahn in Richtung Düsseldorf. Zu meinem großen Ärger hatte sich inzwischen ein Stau auf dieser Autobahn gebildet und ich konnte nur stockend vorwärtskommen.

Als ich endlich schweißnass und übernervös wieder am Hotel von Kyle und Ron angekommen war, hatte die Pressekonferenz schon begonnen. An der Rezeption nannte man mir den Weg zum Pressesaal und ich rannte atemlos in die angegebene Richtung.

Die große Tür vor diesem Raum war leicht geöffnet und Ron schaute hinein.

„Ron, was macht Kyle da?"

„Ach, Mara. Warum kommst du erst so spät? Kyle hat gerade angefangen zu reden."

„Scheißstau!", sagte ich auf Deutsch und konnte endlich verstehen, warum meine Tochter dieses Wort mit Sch... so liebte. Es kam aus dem Herzen!

Ron öffnete die Tür einen großen Spalt, damit ich hineingehen konnte: ungeschminkt, in Jeans, verwuschelte Haare, verschwitzt.

Als Kyle mich sah, winkte er mich zu sich heran. Ich wollte seine Hand ergreifen, aber er zog seine schnell zurück.

„Hier ist auch Mara Fortein, nicht meine Exfreundin, sondern meine Ex-Vertragspartnerin."

„Kyle!", ich schrie ihn fast an. Er war für die Presse unten durch, wenn er sie darüber informierte, wie wir sie an der Nase herumgeführt hatten.

Aber Kyle fuhr unbeirrt weiter: „Da ich wusste, dass sie mich sehr mochte, habe ich dies ausgenutzt und mit ihr einen Vertrag geschlossen!"

Die Journalisten kamen mit ihren Mikrophonen näher und alle Kameras waren auf uns gerichtet. Nervös trampelte ich von einem Bein auf das andere. Wie konnte ich ihn nur stoppen?

„Der Vertrag beinhaltete, dass Mara und ich …", jetzt schaute mich Kyle entschuldigend an. Ich schüttelte den Kopf, aber er redete nach einer kleinen Pause weiter: „… Ihnen und der Öffentlichkeit eine Liebesgeschichte vorspielen sollten."

Unruhe machte sich unter den Journalisten breit.

„Kyle, warum decken Sie das alles jetzt auf? Sie wissen, dass es Ihnen schaden wird!"

„Mir ist klar geworden, dass ich Mara und ihre Gefühle nur für meine Zwecke, der Publicity und dem Erfolg, ausgenutzt habe."

„Frau Fortein, sehen Sie das auch so?"

„Nein! Den Vertrag gab es schon, ja! Aber Kyle hat mich zu keiner Zeit ausgenutzt. Ich…!"

Aber die Reporter schnitten mir das Wort ab. „Kyle, wodurch haben Sie plötzlich Ihr Gewissen entdeckt?"

Alle Mikrophone richteten sich auf Kyle.

„Unsere Liebesgeschichte hat eine Wendung angenommen, die ich zutiefst bedaure. Nicht nur, dass Mara eine öffentlich oft peinliche Rolle in unserem Vertrag hatte. Zudem ist noch etwas Fürchterliches geschehen." Kyle stockte. Er war ernst und hatte Tränen in den Augen.

„Kyle, nein!" Ich schüttelte den Kopf.

Kyle ließ sich nicht aufhalten. „Mara wurde Opfer einer Gewalttat, für die ich mich verantwortlich fühle!"

„Nein!", schrie ich jetzt so laut ich konnte und erreichte endlich, dass sich die Mikrophone zu mir richteten.

„Kyle, ich bin kein Kind mehr. Ich wollte unseren Vertrag genauso wie du. Ein Grund war, dass ich dich sehr, sehr mag. Aber ich wollte auch für kurze Zeit mein eintöniges Leben gegen ein Abenteuer eintauschen."

„Frau Fortein, von welcher Gewalttat spricht Kyle hier und wer hat sich Ihnen angetan?"

„Ich wurde vergewaltigt. Aber weder Kyle noch sein Manager hatten nur das Geringste damit zu tun."

„Kyle, stimmt das, was Frau Fortein sagt?"

„Ja und nein. Wir sind nicht die Täter, aber…!"

Ich brüllte wieder: „Nein" und lockte so wieder die Mikrophone zu mir hin.

„Es ist ein Bekannter von Kyle gewesen, den er mir vorgestellt hat. Daher fühlt er sich schuldig. Kyle trägt aber keine Schuld!"

„Frau Fortein, fühlen Sie sich von Kyle nicht ausgenutzt?", fragte mich nun ein anderer Reporter.

„Nein, überhaupt nicht. Er und sein Manager waren in jeder Minute unseres laufenden Vertrages fair, aufrichtig und freundschaftlich zu mir. Kyle ist ein großartiger Mensch. Er hat mir jederzeit die Chance gelassen, auszusteigen."

„Frau Fortein, lieben Sie Kyle noch immer?"

„Ja!"

„Dann haben Sie ihn wohl nicht mit seinem Manager betrogen?"

„Nein, habe ich nicht. Ich war weder mit ihm noch mit seinem Manager ein Paar!"

Plötzlich nahm Kyle doch meine Hand.

„Du bist aber eine sehr gute Freundin von uns geworden! Und mehr als das. Mara, willst du mich heiraten?"

Mir wurde schwindelig. Nun wollte Kyle mir auf diese Weise zeigen, dass er mich nicht im Stich ließ. Ich vergaß die Pressevertreter um uns herum, beachtete die Blitzlichter nicht mehr.

„Kyle! Wie gerne würde ich einfach „Ja" sagen. Ich liebe dich sehr!"

„Ich weiß!", Kyle lächelte mich jetzt mühsam an.

„Aber du fragst mich aus Verantwortungs- und Schuldgefühlen heraus!"

„Ich mag dich sehr, Mara!"

„Aber du liebst deine Fans, dein Leben als Sänger und Songwriter!"

„Heirate mich und komme zu mir nach New York!"

„Kyle, es würde nicht funktionieren. Ich habe eine Tochter in Deutschland und einen Job, den ich auch nicht aufgeben will. Ich bin für das Showbusiness nicht geschaffen. Das habe ich in unserer gemeinsamen Zeit deutlich gemerkt. Kyle, neben einer solch strahlenden Persönlichkeit wie dir würde ich völlig untergehen."

Er nickte und umarmte mich. Plötzlich brach ich vor den Kameras und Reportern schluchzend in Tränen aus. Kyle drückte und streichelte mich. Als ich mich beruhigt und

Kyle mich losgelassen hatte, waren die Pressevertreter schon gegangen.

Ron kam herein. „Du warst sehr stark, Mara! Nie hätte ich gedacht, dass du jemals einen Heiratsantrag von Kyle ablehnen würdest."

„Ron", fragte ich ihn flehend. „Wie schlimm wird die Aufdeckung unserer vorgespielten Geschichte für Kyles Karriere?"

„Mara, du hast vieles gerettet, was Kyle in seinem Pflichtbewusstsein beinahe zerstört hätte."

Kyle sah ziemlich erschöpft aus. „Mara, Ron: ihr beiden habt die ganze Zeit für meinen Erfolg gelitten. Und nun hat mein bester Freund Maras Leben zerstört.

„Richtig, Kyle!", erzürnte ich mich wieder. „Dein Freund! Nicht du!" Ich dachte an all meine Selbstzweifel nach der Vergewaltigung. „Und auch ich habe nichts zerstört!"; hörte ich mich plötzlich sagen. Es tat gut.

Während Kyle mich verwundert ansah, hatte Ron davon nichts mitbekommen.

Ron war wieder in seiner Managerrolle. „Kyle, Mara hat dich wunderbar als ihren Retter dastehen lassen. Sie beschrieb dich als einmalig guten, fantastischen Mann, den sich jeder Fan wünschen wird. Zudem bist du offensichtlich wieder Single! Bessere

Promotion für dich hätte auch ich unter diesen Bedingungen nicht hinbekommen. Mara ist dein Schutzengel." Kyle und ich schauten uns traurig an.

Müde antwortete ich: „Kyle, Ron! ich bin total erschöpft. Ich fahre jetzt nach Hause. Ich melde mich morgen!" Ich wollte vor meinen Gefühlen davonlaufen.

„Mara, eine Frage habe ich noch: warum hast du nicht erzählt, dass es Cole war, der dich vergewaltigt hat?" Rons Stimme war so hart, dass ich erschrocken zusammenfuhr.

„Kyle und Cole sind so lange beste Freunde gewesen, auch wenn Cole aus Missgunst einen Fehler gemacht hat!"

„…und damit dein Leben zerstört!", ergänzte diesmal Ron. „So, wie du Kyle liebst, liebe ich dich und möchte dich beschützen. Leider habe ich versagt!"

„Ron, du bist genauso dumm wie Kyle! Ihr seid meine amerikanische Familie und habt mir bereits gezeigt, was ihr alles bereit seid, für mich zu tun. Aber die Tat ist außerhalb unserer aller Kontrolle geschehen."

Zum Abschied drückte ich beide noch einmal und begab mich an diesem Tage zum zweiten Mal auf den Heimweg.

Am späten Vormittag des nächsten Tages schellte mein Handy. Wieder eine unbekannte Nummer. Dennoch nahm ich das Gespräch an.

„Hallo?"

„Blöde Ziege! Du hast es Kyle erzählt!" Coles wütende Stimme dröhnte an meinem Ohr. Ein Schock durchfuhr mich. Dennoch wollte ich keine Schwäche zeigen.

„Ja! Dann weißt du sicher auch, dass ich schwanger bin!", entgegnete ich daher kühl.

„Aber das Kind ist nicht von mir!"

„Wie du weißt, hatte ich keine anderen engeren Kontakte mit Männern!"

„Und hat sich Kyle geärgert, dass du ihn abgelehnt und mit mir geschlafen hast?", Coles Stimme vibrierte.

„Und was willst du jetzt von mir?", antwortete ich ausweichend.

„Du wirst mich doch nicht anzeigen wollen?"

„Wenn du mich nicht in Ruhe lässt, vielleicht schon!"

„Du kommst damit nicht durch. Wenn bekannt wird, dass du ein Kind von Kyles bestem Freund bekommst, schadet es dir und dem Kind am meisten. Dem Ruf von Kyle ist es auch nicht förderlich, wenn ausgerechnet sein Jugendfreund, den er dir vorgestellt hat, dein

Vergewaltiger gewesen sein soll. Nachdem du schon vor der Presse gesagt hast, du hättest Kyle mit Ron betrogen, klingt es ziemlich unglaubwürdig, dass Kyles Jugendfreund dich nun auch noch vergewaltigt haben soll?" Ich schluckte, das saß. Er hatte Recht. Es durfte nicht herauskommen. Schließlich konnte ich dies auch meiner Tochter nicht antun.

„Dann ruf mich nicht mehr an!"

„OK. Ach ja, deinen Bodyguard kannst du jetzt übrigens im Krankenhaus in Essen besuchen. Er hat mich wohl etwas unterschätzt!"

Klock! Cole hatte aufgelegt.

Mein Herz schlug heftig. Meinen Bodyguard? Mir schwante etwas. Hektisch wählte ich Kyles Nummer.

„Mara, hallo!" Kyles Stimme klang sehr müde.

„Kyle, bitte sag, dass es Ron gut geht?"

„Dann weißt du es…!", stöhnte Kyle.

„Cole hat mich gerade angerufen und gesagt mein Bodyguard sei im Essener Krankenhaus!"

„Ja, Cole hat Ron ziemlich übel zugerichtet."

„Was ist passiert?"

„Ron war so wütend auf Cole. Ich konnte ihn nicht aufhalten, obwohl ich ihm sagte, Cole würde seit seiner Kindheit Kampfsport betreiben. Er fuhr gestern Abend noch zu Cole, um ihn zur Rede zu stellen."

„Oh Gott. So impulsiv kenne ich Ron gar nicht!"

„Ich auch nicht. Na ja, es kam zu einer Auseinandersetzung und Ron wurde zusammengeschlagen!"

„Und Kyle, warst du schon bei ihm?"

„Ja, er steht unter starken Schmerzmitteln. Die Augen sind zugeschwollen, der Kiefer und eine Rippe gebrochen. Er wurde gestern noch notoperiert."

„Nein!"

„Näheres weiß ich nicht. Mir gibt man keine Auskunft."

„Hat er Verwandschaft, die man informieren sollte?"

„Nur eine ältere Mutter, die unter Alzheimer leidet. Die Mutter sollten wir in Ruhe lassen!"

„Bitte gib mir den Namen des Krankenhauses, ich fahre rüber!"

„Du erfährst auch nicht mehr!"

„Doch, als seine angebliche Verlobte schon!" Kyle lachte müde auf.

„Du bekommst von Cole ein Kind, liebst mich und spielst Rons Verlobte. Du bist unglaublich!"

„Ich rufe dich an, wenn ich mehr weiß!"

„Danke, das wäre sehr nett. Ich habe heute Abend einen Auftritt und lege mich noch etwas hin! Ron würde nicht wollen, dass ich den Termin absage", Kyles Müdigkeit tat mir weh. Ich kannte ihn mit so viel Temperament, so viel Kraft. Was hatte ich nur angerichtet.

„Da gebe ich dir eindeutig Recht. Ich kümmere mich um Ron und du um deinen Auftritt! Bye Kyle!"

„Bis später, Mara!"

Ich fuhr sofort ins Krankenhaus nach Essen. Ich hatte einen Zeitungsausschnitt mitgebracht, in dem davon berichtet wurde, dass ich Kyle mit Ron betrogen hatte. Auf dem Bild war ich gut zu erkennen. Nachdem ich zudem noch in Tränen ausbrach, als ich Ron mit zugequollenen Augen und übersät mit Blutergüssen im Bett antraf, kaufte mir der Arzt tatsächlich ab, dass ich Rons Verlobte war. Ich besaß einen Diamantring, den ich mir nach amerikanischer Sitte als Zeichen der Verlobung angesteckt hatte.

Der Arzt beruhigte mich und sagte, Ron würde ohne schwerwiegende Folgen wieder genesen. Allerdings würde es einige Wochen dauern. Ich war sehr erleichtert.

Glücklicherweise war Ron so gut versichert, dass er sich ein Privatzimmer und eine Chefarztbehandlung über einen längeren Zeitraum leisten konnte. So war es mir möglich, einen großen Teil meiner freien Zeit, bei Ron zu verbringen. Meine Tochter stand zwar weiterhin an erster Stelle, war aber in ihrem Alter nicht mehr auf meine ständige Anwesenheit angewiesen. Meine Mutter war immer bereit, sich um meine Tochter zu kümmern. Da war eine große Hilfe für mich. Beim Rest konnte sie mir sowieso nicht helfen.

Während ich versuchte, den Gedanken zu verdrängen, dass mein Baby im Bauch weiterwuchs, war ich nahezu jeden Tag bei Ron. Nach ein paar Tagen konnte ich mich wieder gut mit ihm unterhalten, da er die starken Schmerzmittel nicht mehr brauchte. Ich übersetzte ihm die deutschen Zeitungen. Kyle war inzwischen wegen seiner Termine wieder nach New York zurückgekehrt. Er regelte von dort aus auch Rons Termine mit den anderen Stars. Ich stand jedoch im täglichen telefonischen Kontakt zu Kyle und hielt auch Ron auf dem Laufenden.

Ron jammerte nie. Er war nach wie vor der etwas bissige, aber väterliche Manager. Als ich ihm sagte, ich hätte mich als seine Verlobte ausgegeben, um über seinen Gesundheitszustand auf dem Laufenden gehalten zu werden, lachte er. „Mara, inzwischen gehörst du tatsächlich zu uns!"

Ron wurde mir immer wichtiger. Wir unterhielten uns über alles und zunehmend fieberte ich den Abenden entgegen, an denen ich Ron wieder besuchen konnte.

Kurz vor seiner Entlassung gingen wir zusammen im angrenzenden Park spazieren. Plötzlich drehte sich Ron zu mir um: „Mara, wie soll es mit dir weitergehen? Mit deinem Baby. Willst du es behalten?"

„Ich weiß nicht. Der Arzt sagte, es sei nicht behindert. Ich könnte es zur Adoption freigeben. Aber ich glaube nicht, dass ich es will! Ich möchte es selbst großziehen."

„Was sagte dein Chef zu Deiner Schwangerschaft. Wirst du deine Stelle behalten können?"

„Ich habe mich noch nicht darum gekümmert. Ich will es nicht wahrhaben und nicht darüber nachdenken!"

Ron stöhnte auf. „So kenne ich dich, Mara! Ein wenig blauäugig!"

Ich lachte. „Mein Motto war immer: keine Gedanken über ungelegte Eier machen. Stammt von meinem Vater!"

Ron schaute mich ernst an: „Mara, ich hätte einen Vorschlag. Ich liebe dich noch immer sehr und möchte dich fragen, ob wir beide nicht zusammen das Kind großziehen wollen? Ich kann auch Stars in Deutschland managen. Dann bin ich häufiger bei dir. Du brauchst nichts aus deinem bisherigen Leben für mich aufzugeben."

„Ron, ich mag dich immer mehr, aber ich bin von Kyle noch nicht so ganz losgekommen!"

„Das weiß ich. Damit kann ich leben, denn ich weiß, dass du treu bist. Auch wenn die Medien mal etwas anderes geschrieben haben!" Er zwinkerte mir zu.

Ich lehnte mich an Ron an. Er roch so vertraut. Ich liebte ihn auf eine andere Weise. Aber könnte ich Kyles hypnotischem Charme so weit vergessen, um diese Beziehung ehrlich eingehen zu können. „Bitte Ron, lass mir noch ein paar Tage Zeit für die Antwort!", bat ich daher.

„Jede Zeit, die du brauchst, Liebes!" Und Ron legte den Arm um mich.

Kurz vor Mitternacht kam ein Anruf von Kyle. Ich hatte schon geschlafen.

„Entschuldigung Mara, dass ich dich so spät noch anrufe!"

„Kein Problem. Was gibt es!"

„Ron hat mir erzählt, dass er dich gefragt hat, ob du mit ihm zusammen das Kind großziehen willst?"

„Ja!"

„Und, gehst du auf sein Angebot ein?"

„Kyle, ich weiß es nicht. Ich hänge noch sehr an dir und muss darüber in Ruhe nachdenken. Ich will Ron auf keinen Fall zusagen, wenn ich von dir nicht loskomme!"

„Mara – es klingt jetzt vielleicht blöd, aber denke bitte auch noch mal über meinen damaligen Heiratsantrag nach. Er steht noch immer."

„Kyle, wie stellst du dir das vor?" Mein Herz pumperte. Wie häufig sollte ich noch gegen meine Gefühle für Kyle ankämpfen müssen und ihn zurückweisen?

„Mara, du bist mir sehr wichtig und ich habe mir immer Kinder gewünscht."

„Kyle?"

„Ja?"

„Liebst du mich?"

„Ich mag dich sehr!"

„Könntest du eine Fernbeziehung führen? Ich würde nicht nach New York ziehen."

„Mara, du weißt, ich habe normalerweise sehr wenig Zeit. Die Studioarbeiten, die Termine, Interviews, Fotoshootings." Kyle machte eine Pause. Ich wartete. Ich brauchte jetzt Gewissheit: „Ich könnte die Termine aber auch teilweise absagen, um mehr Zeit mit dir und dem Kind zu verbringen!", Kyles Stimme wirkte resigniert, geradezu traurig.

„Kyle, du bist fantastisch, ich bewundere dich, aber ich brauche ein anderes Leben als du." Ich hörte leise Kyles erleichtertes Aufatmen. Er widersprach mir nicht.

„Kyle?"

„Ja?"

„Ich bin katholisch und brauche einen Taufpaten für mein Kind. Willst du der Taufpate sein? Einen Besseren könnte ich mir nicht vorstellen."

„Mara, sehr gerne. Danke! Dann können wir wenigstens Freunde bleiben?"

„Freunde? Du gehörst für immer zu meiner amerikanischen Familie!"

Als ich aufgelegt hatte, dachte ich an Ron. Auch ich war erleichtert. Plötzlich wusste ich, dass nur Ron zu mir passte. Er war bereit, seine

Aktivitäten zu mir zu verlagern, nach Deutschland. Er liebte mich genau so, wie ich war. Mein ganzer Körper gribbelte, wenn ich an Ron dachte, an seine Stimme, die Vertrautheit, sein Verständnis. Kyle würde immer in meinem Herzen bleiben und meine Augen zum Strahlen bringen. Aber Ron war mein Partner, mein Freund, würde mein Geliebter werden und mein Vertrauter. Er war derjenige, den ich in guten und schlechten Zeiten lieben würde.

Kurz vor der Geburt wurde Ron mein Ehemann, Kyle war Trauzeuge und wurde ein hervorragender Pate für meinen Sohn. Ein Jahr später war Kyle mit Susan verlobt, worüber ich mich sehr freute. Von Cole hörten wir nichts mehr.

Nachwort

Diese Geschichte entspringt nicht einem tatsächlichen Abenteuer, sondern meiner Vorstellungskraft, wie es hätte geschehen sein können. Häufig habe ich mich gefragt, warum die Liebesgeschichten der Prominente uns so interessieren und die Zeitschriften, die sie veröffentlichen, gut verkauft werden. Es ist spannend! Es ist eine Traumwelt, in der genau dieselben Liebesdramen passieren, wie in unserem oft eintönigen Alltag. Wenigstens in dieser Beziehung sind die VIPs uns ähnlich, auch wenn sie sonst schöner, strahlender und perfekter erscheinen.

Umso erstaunlicher fand ich es, dass meines Wissens bisher kaum Gebrauch von der „Aschenputtel"-Geschichte in der Prominenwelt gemacht wurde. Es ist ein Evergreen, eine immer wieder interessante Story - fesselt und beflügelt sie doch unsere Fantasie immer wieder.

Wie viele Jugendliche träumen täglich davon, mit ihrem Idol zusammenzutreffen, ihm nahe zu kommen, für ihn besonders wichtig zu werden.

Und wir Erwachsene? Vermutlich steckt in vielen von uns noch immer der Wunsch nach Abenteuer, Glitzerwelt, Berühmtheit, Spannung und romantische Liebe! Zumindest kann ich das sicher von mir behaupten. Zudem muss ich teilweise beschämt zugeben, dass ich neuerdings auch die Teenies verstehen kann, die sich in einen Sänger, Schauspieler, Boygroup oder einfach nur in deren Musik

„verknallt" haben. Denn genau das ist mir zum ersten Male mit über vierzig Jahren geschehen. Ich einer schwierigen Zeit, in der ich diese Verliebtheit vermutlich brauchte.

Vielleicht kann ich damit besser umgehen als manche Teenies, weiß ich doch, dass man dieses Gefühl genießen soll, aber eine Annährung an den Star, um den die Gedanken kreisen, weder möglich noch sinnvoll ist. Aber diese Verliebtheit, wie jede andere Leidenschaft, bedeutet: zu Leben!